工地书记

港珠澳大桥的先锋力量

Stories of Bridge Engineering Secretaries

港珠澳大桥建设工程工会联合会／编著

中国工人出版社

谨以此书献给港珠澳大桥全体建设者！

Preface 序

港珠澳大桥主体工程的参建单位有上百家，光乙方就有 170 多个。乙方与乙方之间实现无缝衔接相对比较困难，比如，有的合同之间有叠加事项，有的会出现预料不到的事项。那么，如何处理这些交叉的或者是交叉不到的事项呢?

这个时候，大目标下的友情协作就非常重要，合同之外讲的是精神。那么，港珠澳大桥工程建设的“精气神”又从哪里来呢?

工地书记，广大共产党员在一线发挥了至关重要的作用。

从工地上的“书记茶座”“大桥讲堂”“绿岛夜话”，这些在港珠澳大桥建设期所创造出来的党组织活动形式，到学习小组、党课、沙龙等传统形式，七年来，建设港珠澳大桥的共产党人用他们的实际行动践行了党中央“创新、协调、绿色、开放、共享”五大发展理念。

鲜艳的党旗在港珠澳大桥上高高飘扬!

2011 年 5 月，由三个建设主体、十个赛区、四十多家主要参建单位共同组织的港珠澳大桥劳动竞赛拉开了帷幕。通过树典型、立标杆，“六比六赛”“比、学、赶、帮、超”，涌现出了一大批先进集体和先进个人。这些先进事迹通过一系列的文化宣传活动得以在整个工区乃至全社会广泛传扬。这一“超级工程”的背后站着的是上万名顶天立地的工人兄弟和冲锋在前、勇敢战斗的共产党人，其中的班长、排长、连长就是常年坚守在工棚、坚守在孤岛、创造奇迹的工地书记！

从他们身上，我们感受到了工人阶级伟大的主人翁精神和无私无畏、奋勇向前、创造历史的伟大力量。他们，是我们这个时代的英雄，是我们伟大共和国的脊梁！

“世纪大桥，廉洁同行。”一项价值上千亿元的工程如何在市场经济条件下得以圆满完成？如何在纷繁复杂的建筑市场上被打造成一座世界级的精品工程？没有坚定的信念和坚忍不拔的意志，没有敢于担当、敢于牺牲的党员同志们的贡献，我们眼里所见到的恐怕就只有“横空出世”的钢筋混凝土了。一年、两年、三年，五年、六年、七年、八年！如果不能坚守初心，意志薄弱者恐怕早就抑郁了，早就缴械投降、中途离去或隔海观望去了。然而，正是靠着精益求精的坚守精神，超过 30 名工区工地书记和广大党员同志们至今仍然战斗在一线工地，为了大桥的通车作艰苦的收官之战！

工地书记、工地党支部在港珠澳大桥史诗般地矗立并发挥作用，给现代工程管理提供了一个全新的案例。“支部建立在连队上”的优良传统在改革开放的前沿阵地得以发扬光大，也给我们的党建工作提供了崭新的素材和标本。“理性客观、敢于担当、无私奉献”的港珠澳大桥精神和井冈山精神、延安精神、铁人精神一脉相承、发扬光大。我们可以自豪地说，一项震惊世界的超级工程，一张融合现代最新桥梁科技和管理理念的国家“新名片”将在成千上万名奋战在一线的共产党员手中完成，党组织在中国的工程建设中发挥着至关重要的作用。

港珠澳大桥建设工程工会联合会主席

2017 年 10 月 17 日午

Contents 目录

书记茶经

——记桥梁工程CB04标段党支部书记罗锦鸿

CB04 标段，全长 7.154 公里，负责部分深水区非通航孔桥和江海直达船航道桥的土建工程施工。

有二十多个春秋，罗锦鸿与路桥相伴，与茶相伴。他是一个典型的路桥人，也是一个地道的广东人。

2012 年 6 月，罗锦鸿受广东省长大公路工程有限公司党委委派，出任港珠澳大桥 CB04 标段项目党支部书记兼项目副经理，分管党务建设、综合事务、人力资源、安全环保等工作。四年里，他与同事们携手同行，用行动证明了：党是工程前进的后盾与旗帜，党员是工程建设的核心力量。

书记茶座

"书记，我们又来喝茶了。"很多工人经常是刚从海上施工回来就直奔罗锦鸿的办公室讨杯茶喝，罗书记每次都是热情招待。这个"茶座"一设就是四年。

在罗锦鸿的办公室，有一块专门辟出的宽松之地，这里没有复杂的图纸和资料，唯有一张木质斑驳的茶桌，茶桌上面整齐地摆放着整套茶具，虽然看起来都是些旧物，但个个透亮干净，一尘不染。职工们都知道，"罗书记爱喝

▲罗锦鸿在港珠澳大桥合龙现场

茶”，大家也都喜欢去罗锦鸿那里蹭杯茶。但实际上，“书记茶座”不仅是一个喝茶的地方，也是罗锦鸿解决职工思想问题的地方。他通过饮茶，静心思考，为职工心中之事寻得一剂良方。

“高峰时，项目参建人员多达 1500 人，除后场管理人员、后勤服务人员及中山预制场之外，海上作业人员超过了 500 人，船员 300 余人，海上作业平台达 20 多个，起重船、打桩船、拖轮等作业船舶近 60 艘。为确保这么大面积的物资供给、安全高效作业，尤其是维持离岸较远的外海施工人员队伍的安全稳定，罗锦鸿未雨绸缪，做好了事前、事中、事后的多套方案，从小细节提前做好各项工作。”船机部部长陈永青的话道出了施工项目后勤保障工作的繁、杂、难。

CB04 标段进场初期，许多职工闻“港珠澳大桥”名声而来，却在工作一段时间后因作业环境恶劣、工期紧、任务重，打起了退堂鼓。通过做思想工作来稳定团队，提高团队的士气，为工程建设的中心任务服务，是罗锦鸿一直重视的工作内容。

“书记茶座”就像一块磁铁，在喝杯茶的空当，很多工人会对罗锦鸿说一些掏心窝子的话，比如，念叨海上工作有多么辛苦、天气如何炎热等。罗锦鸿在为他们沏茶的时候会默默地倾听，时而回应，时而开导一番，闲谈之中，往往会给出不少建议。大家喝茶之余也一起探讨工作的具体落实，在喝茶的间隙中完成了工作汇报。可以说，许多工作的开展以及活动的举办都在罗锦鸿的茶座中得到了落实和发展。茶座虽小，作用却很大。

烹茶需懂茶

在中国，但凡是做工程项目的，基本上都遇到过农民工讨薪的问题。对于工程施工单位来说，薪水问题引发的劳资纠纷，对于项目顺利完成的影响是非常大的。普通项目都如此，更遑论港珠澳大桥这样一个超级工程。大桥牵涉粤、港、澳三地政府，全世界的目光都时刻关注着这个工程的一举一动，任何风吹草动都可能引起国际性的影响。

处理农民工的问题，考验着施工单位领导的魄力和智慧。作为 CB04 标段的党支部书记，处理农民工的事务自然是罗锦鸿义不容辞的责任。之所以将这一重任交给罗锦鸿，是因为这不纯粹是一项业务工作的分工，更重要的是对罗锦鸿处理这类问题的能力的信任。

罗锦鸿大学毕业就进入了施工企业，二十多年来，他见证了中国建筑工程发展历史上最为迅速的一个新时代，而这个时代的创造者，除了中国的工程师队伍外，还有一个群体，这个群体就是改革开放后进城打工的农民工群体。罗锦鸿这二十多年的一线工程建设经历，使他目睹、亲身经历了农民工这一特殊群体从诞生、壮大，到主次易位的过程。他甚至还专门撰文论述过这个问题：

"入行初期，'民工中队'逐渐取代了企业内部的专业班组。那时候的农民工，面临的是内地与沿海地区之间经济发展不平衡的矛盾以及就业机会和就业需求不平衡之间的矛盾。因此，那个时候，是农民工主动上门找工作，比较'听话'，'民工中队'负责人在用工选择方面的主动权相当大。

经过二三十年的发展，我国改革进一步深化、法律法规不断完善、经济快速发展的形势向全国各省区延伸，企业'用工荒'的问题开始出现，并逐年加剧。低预算和高成本之间的矛盾，工人需求多样化与用工单位管理单一化之间的矛盾逐渐显现，直接导致了'民工中队'负责人与工人的地位发生逆转，因劳资纠纷引起的群体事件也在逐年增加。"

"如何化解因劳资纠纷引起的群体事件和矛盾"是罗锦鸿一直在思考的问题。他尝试去阅读一些相关的理论书籍，将从书中得到的启发运用到处理农民工事务当中。却没想到，一尝试就取得了意想不到的效果，很多原本十分棘手的问题都迎刃而解。

罗锦鸿认为，随着社会的进步和国家法治的健全，同时也本着以人为本的理念，旧的工作思路和方法已经不能适应现在的形势发展，更不用说解决矛盾、处理问题了，有时候用老办法来处理新问题，反而会激化矛盾，带来严重的后果。近年来，有些工地出现了群体性事件，就是因为一些小问题的处理方法不对路造成的。广东省长大公路工程有限公司和CB04标段项目与其他工程一样，也在维稳工作上承受了巨大的压力，因此，必须改进工作方式、方法以适应新时期、新问题的需要。

对罗锦鸿启发最多的就是毛泽东的《矛盾论》一书，他从中认识到了一个道理，那就是"一切矛盾着的东西，互相联系着，不但在一定条件之下共处于一个统一体中，而且在一定条件之下互相转化"。罗锦鸿说："当矛盾的不同方面，其力量出现较大悬殊时，我们要么增强较弱方面的力量，要么削弱较强方面的力量，以达到矛盾的相对平衡。比如说，当工人一方在向'老板'追讨工

▲罗锦鸿在施工平台上的集装箱房里与员工们谈心

资时处于弱势，项目管理者必须以维护工人的合法权益为目的，站在工人方面进行调解。反之亦然。”

港珠澳大桥开工几年来，由于资金问题导致拖欠工人工资的事情也偶有发生，特别是逢春节、开学季等关键时期，各个项目标段都要为此绞尽脑汁。CB04 标段项目部采取了必要的财务和行政措施以约束协作队伍的负责人（即通常说的“包工头”），通过建立健全制度来保障协作队伍（农民工）的利益，因此，绝大部分劳资纠纷都被解决在萌芽状态。罗锦鸿在谈到保护协作队伍的利益时，比较自信地说：“CB04 标段项目部一贯的做法就是旗帜鲜明地站在维护工人合法权益的立场上处理问题，我们主动约谈各协作队伍的负责人，开展思想政治引导，通过核对计量和支付数据，明确责任主体及法律责任，以及信誉评价的宣贯等措施，动之以情，晓之以理，明之以害。同时，发动广大管理人员充分做好工人的思想工作，在取得矛盾双方理解的前提下妥善解决工人工资发放的问题。这样一来，在资金压力巨大的情况下确保了各个关键时期的平稳过渡。

苦尽甘来是好茶

2016年的“百日大会战”，不仅罗锦鸿，整个项目部对此都印象至深。

春节的气息尚未飘远，CB04标段项目部就接到了“2016年8月底实现标段贯通”的指令，这比项目在春节前预定的工期目标提前了整整2个月。这意味着，在风、浪、涌等不利因素不可控的前提下，CB04标段在6个月内必须完成非通航孔合龙、第三座钢塔吊装、通航孔桥合龙等多个关键节点的工作，还有大量的施工支架搭设、小节段钢箱梁吊装以及大节段钢箱梁抬吊等艰巨任务。更令人担忧的是，在这个节骨眼上又恰逢CB04标段出现重大的人事调整——原项目经理升迁，分公司副总经理余立志接任项目经理一职。偌大的一个施工项目，莫说施工技术方案和生产经营组织需要大量的时间和精力去熟悉和适应，光项目团队的磨合就是一个极大的挑战。为此，罗锦鸿带领支部全体党员架起了关键过渡期的“桥梁”，不遗余力地在宣传、政治思想工作等方面提供有力的支持，全力以赴地配合新项目经理组织开展生产经营管理。

然而，一个近乎疯狂的目标在新项目经理到任不满一周时被提出——超越顾客期望，6月底实现标段贯通。

消息一出，项目团队的骨干们除了错愕，便是骤然而至的前所未有的压力。同样承受着巨大压力的罗锦鸿在与项目领导班子尤其是余立志充分沟通之后，决定召开动员大会。他坚信，只要有明确的目标、正确的方法、有效的行动以及坚定的信念，心想事成并非不可能！

2016年3月27日，动员大会如期召开。此时距离6月底恰好只有一百天，因此，此次攻坚战便被打上了“百日大会战”的烙印。

罗锦鸿回忆道：“其实，当时心里还是比较忐忑的，只是后来慢慢地才有了点底气，底气从哪里来呢？余总提出了‘坚定的信念是战胜困难的制胜法宝’，他也是共产党员，是真的带头拼了。这些敢于啃硬骨头、打硬仗的同事们给了我底气，尤其是党员同事们，在关键时刻，他们总是冲在最前面。”

按照罗锦鸿对“心想事成”的解读，明确的目标已经有了，接下来便需要找到正确的方法。因此，他协同项目经营班子进一步与管理骨干认真研究项目当时面临的状况，包括各种内部资源和外部资源，这时的关键问题是如何适当压缩临时工程的施工时间和节约主体工程的工序时间。项目领导亲力亲为，党支部全方位、高频率地宣传鼓劲，使项目团队快速形成了合力，在认真勘察现场的前提下对施工方案反复推敲，优中选优。在那段时间里，一线作战团队几乎没有上下班的概念，无论是白天、黑夜，还是吃饭睡觉，抑或是开会研讨，大家思考的议题只有一个，那就是找到实现全标段 6 月底合龙的最佳方案。随后，项目部采取了一系列措施。

第一，对重点岗位人员作了调整，大多数重点岗位安排共产党员来担当。对党员委以重任，包括陈永青、唐维（广东省五一劳动奖章获得者）、余玮玮、邓庆明、杨富发等工程项目建设的中坚力量。在“百日大会战”方案实施前，党支部组织全体党员开会，做了深入的动员工作，这些党员在“百日大会战”中发挥了中流砥柱的作用，成为广大工人效仿的模范。

第二，为了调动工程建设队伍的士气，项目领导班子快速出台了一个专门的劳动竞赛方案。方案设计之初就明确指出，劳动竞赛方案必须接地气，见效迅速。所以，该方案包括了目标、方法、责任人，还有明确的奖惩措施。由于目标明确合理，方法得当有效，责任人率众有方，因此，各个控制节点均得到有效控制，劳动竞赛活动结束后，几乎所有的成员和项目都受到了嘉奖。

第三，加大了宣传鼓动工作，树起了“坚定的信念是战胜困难的制胜法宝”的鲜明旗帜。党支部为了鼓舞大家的士气，制作了大量的标语，在工地上悬挂张贴，使这样的理念深入施工人员的内心。有些标语吸取了传统文化的精华，富有人情和哲理，增强了感召力和向心力。这是罗锦鸿和党支部的成员们共同思考创作的，比如，“积力之所举则无不胜，众智之所为则无不成”等。这些标语激励着一线员工和后场员工。在生产一线，在共产党员先锋模范作用的带动下，涌现出了很多先进人物事迹，党支部组织宣传干事在项目网站不断推出先进人物事迹报道，几乎每个人都有可以大书特书的故事。用罗锦鸿的话来说，CB04 标段一线的管理人员几乎都成了“有故事的男人”。

第四，加大了慰问力度。在“百日大会战”期间，罗锦鸿几乎天天在工程一线，党支部的其他主要成员也在统一部署下，按部就班，对每一个生产班组逐个慰问。建筑工地闷热潮湿，海上施工条件差，一线工人顶着酷暑加班加点，党支部成员和后场员工带着慰问品为在一线奋战的同事们鼓劲加油。

第五，为了能够及时地了解基层一线的生产状况，及时处理突发事件和问题，项目部领导和党支部领导不离现场，原来需要在营地做的工作，如果能放在工地处理，那么就在工地就地解决，包括安全培训、方案交底等工作全部移到施工现场。项目经理、党支部书记等领导成员始终坚持在生产一线，与工人同吃同住，这样可以保证在第一时间发现问题，解决问题。党支部充分利用现代信息传递手段来提高管理效率，所有的管理信息均通过微信群在第一时间内向全体员工传递。

为了更好地服务于生产，罗锦鸿决定让原来定期召开的党支部党员会议也“化整为零”。他根据 CB04 标段项目部党员的分布情况，提出让支部委员到作业现场主持召开党员会议，传达上级会议精神和活动要求。所以在 CB04 标段项目部，党支部委员是一个满工地跑的角色，有时候同样内容的会议要分四个地方开或先后四次开。“这样做的效果很好，这种措施和变通的方法保证了工程的顺利进展。基层党组织的使命是什么？不就是服务好工程建设这个中心工作吗？为‘百日大会战’保驾护航，争取完成提前合龙的目标，这就是党支部最核心的工作。”罗锦鸿说。通过充分发挥党支部成员的力量，更大力度地落

▲罗锦鸿与大桥管理局、总监办、CB02标段的同事们在港珠澳大桥合龙现场

实组织建设，强化宣传工作的力度、深度和广度，罗锦鸿和同事们让政治思想工作覆盖到了每一个建设者。

最终，2016 年 6 月 28 日晚 23:00，合龙段在大家的注视下徐徐吊起，并于 00:40 完成了最后的合龙，时间也定格在了 6 月 29 日这一历史性的时刻。

为了纪念这一特殊时刻，罗锦鸿写下了这样的诗句：

西江月・渡难关

欲渡苍茫横断，

豪杰挥臂拼搏，

愿将汗洒似滂沱，

转眼重围渐破。

猎猎长风已破浪。在一千多个日日夜夜里，罗锦鸿和 CB04 标段的几十位党员一起以工地为家，创建了另一个“阵地”。四年艰苦已回甘，这将成为值得他们毕生回味的一段人生经历。

“有困难找书记”

——记桥梁工程CB03标段联合体项目部党委副书记陈礼黎、工区支部书记李丽军和他们的团队

CB03 标段是由中交一航局、中交二公局两家单位组建而成的联合体标段，主要是东起西人工岛，西接 CB04 标段，总长为 8670 米的土建工程。

CB03 标段联合体是由两家单位强强联合，抽调精兵强将组成的，可谓人才云集。其管理是联合体模式下的一个新课题，因为两强相遇，必然会产生相互之间的磨合问题。在工作习惯、擅长领域、团队文化上各不相同的两支队伍，如何能在这一世界瞩目的超级工程中发挥最大能量？团结，是 CB03 标段党委书记、项目经理赵传林给出的答案。他反复强调：“联合体对内必须责任清晰、分工合作，对外必须高度团结、严肃统一。”

这是和而不同的艺术，“和”是基础，“不同”则是特色与优势，而党组织是二者间平衡、把控不可或缺的重要纽带，将这个“大集体”紧紧地维系在一起，朝着建好工程的共同目标，“心往一处使，劲往一处使，发挥最大合力”。

青年书记“三次拓荒”

陈礼黎是CB03标段项目部的党委副书记，一名生于1979年的党建工作者。他很年轻，但党建工作的经验却很丰富。2002年从高校毕业后，他便扎根于中交一航局，一直从事党务思想政治工作，踏实肯干，表现出色。而多年来，看着身边的同事们相继参加了上海东海大桥、杭州湾大桥等国家重点工程项目，陈礼黎的心中一直对“桥梁”满载向往。

2009年，一个难得的“圆梦”机会让颇受公司领导信任的陈礼黎万分激动，他成了中交派往港珠澳大桥项目的首批“先行部队”成员之一。陈礼黎以党支部书记的身份先后参加了珠澳口岸人工岛、岛隧工程西人工岛两项工程的前期筹备工作。来到港珠澳大桥项目后，陈礼黎在港珠澳大桥的开工仪式上亲身经历了李克强总理宣布港珠澳大桥开工的历史性一刻，这让他的使命感、荣誉感油然而生，带着百倍的激情投入工作中！

▲陈礼黎在桥梁工程CB03标段联合体员工大会上宣讲形势任务

在上述两个项目中，陈礼黎都是名副其实地走在最前线的“拓荒者”，为项目前期工作的顺利开展奠定了基础。珠澳口岸人工岛是整个大桥的起步工程，当时项目部的办公及住宿基地正在建设中，生活及工作环境相对艰苦，陈礼黎耐心地为建设者们在办公及住宿基地外操办租房事宜，待基地建好才组织大家逐渐搬进去，并做好领导班子和职工队伍的建设以及行政后勤工作。一年后，珠澳口岸人工岛项目的准备工作基本妥当，基于陈礼黎对当地资源、环境已有一定的了解，岛隧工程项目部建立后，初来乍到“人生地不熟”，陈礼黎便又以“拓荒帮手”的角色转战岛隧工程西人工岛项目。这一次拓荒的过程，也是“匆匆而来，匆匆而去”。在协助完成了办公、住宿场所选定，用人、用车问题，会议组织，与业主单位沟通联系等前期准备工作后，他再一次“悄然而退”，调入了新的项目部——桥梁工程 CB03 标段。

2012 年，CB03 标段工程正式启动，来自中交集团的三队人马怀着同一个桥梁梦，来到了港珠澳大桥的施工现场。对陈礼黎而言，他已经是一个参与港珠澳大桥建设三年的“老人”了，在三年的时间里，三易其职，每一次都如同“拓荒之旅”。然而，面对岗位及任务的安排，陈礼黎不但从来没有抱怨过，更是对这份来自组织的信任倍感珍惜，这是一名党员的责任，也是一名党建工作者的使命与担当。这两个项目的“拓荒”经验，也让他获益颇多，在 CB03 标段项目开始时，他早已先于同事适应了港珠澳大桥项目的特性，并对项目有了较为深刻的理解，成为他第三次“拓荒”的巨大优势。

CB03 标段团队的组成具有一定的特殊性，它由中交集团的两家单位，分别承担着三个工区的工作任务。在入场初期，如何团结三队人马，使团队同心同力，为同一目标而奋斗？这是党委及项目部面临的首要问题。

在项目部领导班子成员中，赵传林担任项目经理、党委书记，文德安担任项目副经理、党支部书记。两位皆是业内拥有丰富经验的佼佼者，赵传林曾担任中交一航局东海大桥项目部经理，东海大桥被誉为我国第一座真正意义上的跨海大桥；文德安在任江苏一高速公路项目经理时，带领团队获得了交通工程有史以来的第一个非铁项目“火车头奖”“詹天佑工程奖”。

作为党委副书记，如何与两位业绩丰富、突出的前辈打好“配合战”，辅助党委书记做好党建工作、前期准备工作，以及如何自我定位，以何种状态投入新的工作，这都是陈礼黎在最开始时需要认真思考的问题。与两位项目经理同时兼任党内、党外职务不同，陈礼黎是专职的党务工作者。也正因为如此，陈礼黎曾经听到过这样的质疑：“超级工程的建设压力很大，作为专职的书记，不直接参加工程施工、鲜少涉足技术科研，那这个岗位是否可有可无？”

听到这样的声音，陈礼黎没有勃然而怒，也没有妄自菲薄，他从理论、行动两个层面给予了回答。首先，他十分尊重两位前辈，在工作中虚心地向他们学习、请教。在此基础上，他十分理智，清楚地认识到“书记”一职在工程中的重要作用，特别是在如此重要的工程中，更是不可或缺的。他认为书记的职责不能仅仅停留在举办文体活动、联谊活动等具体工作上，同时也要从“谋

▲党员宣誓活动

略”“大方向”上起到指导性的作用。他在一篇论文中，把书记比喻成“旗手”，指出书记具有引领团队思想动向的重任。他认为，在项目推进过程中，书记要有全局观，不但要时刻把“举什么样的旗、走什么样的路、塑什么样的团队、导什么样的管理、育什么样的文化”这些战略性问题挂在心上、思考透彻；也要关注细节，关心集体中的每一个员工，润物细无声地维系团队的凝聚力。虽不是直接参与施工建设，但这些“软兵术”，是打好工程攻坚战的基础和关键所在，也是团队建立之初便要明确的要点。

作为党委副书记，他自认为应该尽力协助项目经理、党委书记，积极出谋划策，不能拆台卸力，也不能庸碌无为，以此从领导班子层面做到同心同力、坚守原则，发挥好班子的整体合力和凝聚力。在这一理念的引导下，CB03 标段先后建立了联合体领导班子和各工区领导班子，塑造了“铁板一块，坚不可摧，无缝可击”的鲜明形象。

建立起稳固的领导班子结构，并在党委领导下组建了基层党支部，各工区基层党支部充分发挥纽带作用，为后续工程推进，以及联合体两个单位、三个队伍之间的合作、磨合创造了良好的条件，更是逐渐摸索形成了一套联合体党建工作的模式与机制。在党建工作开展的过程中，各工区领导不乏出现意见不合、争执不下的情况，陈礼黎时常充当“纽带”，在目标统一的基础下，组织各方进行协商、讨论，维系团队的团结。各工区党支部是互相联通的“关节点”，因此，陈礼黎召集三个工区支部书记陈金田、金博、李丽军每月定期沟通，研究部署党建工作，互相取长补短、互相学习，互相帮助。例如，在宿舍区安装电表以号召员工们节约用电、开办职工文化活动室、张贴党建工作公示栏等，都是由一个工区先带头开始，再将优秀做法传播、推广到其他工区，以营造起良性沟通与学习的氛围。

深入项目团队建设层面，陈礼黎则充分发挥了他的“老人”优势。当团队最初进场，面对港珠澳大桥超高的技术质量标准、各种超乎想象的困难和风险挑战，以及社会各界的高度重视和期望时，CB03 标段项目的大部分员工都产生了巨大的思想压力，更对未来要开展的工作充满了迷茫。这时，陈礼黎充分发挥自身优势，进行“现身说法”，耐心地与每一个项目成员进行沟通，不厌其烦地把港珠澳大桥的建设目标、项目特点等，一项一项、一遍一遍给大家讲清楚、讲透彻，正是这样的“掏心掏肺”的沟通，让每一个参加港珠澳大桥建设的员工都从项目中真切地感受到了自豪感、责任感、使命感、荣誉感。自然而然地，陈礼黎在开工伊始的重要时期，便将大家凝聚在同一个目标下，将大家追梦的心紧紧系在一起，共同奋斗，同舟启航，为后续的项目推进打下了稳实的根基。

关怀也是生产力

港珠澳大桥 CB03 标段 3 工区担负着 72 座巨型桥墩的运输重任，而这些桥墩悉数来自 CB03 标段东莞预制场。万事开头难，从东莞预制场的选址，到厂房建设，再到第一座墩台的诞生，可以说是举步维艰，工区经理叶建州及其建设团队对此有着深刻的体会。

为了贯彻港珠澳大桥“大型化、工厂化、标准化、装配化”的设计理念，CB03 标段项目部在预制场的选址上煞费苦心。在几经筛选定址后，开始施工时却发现地底下全是淤泥，而且在施工期间还遇到了工期、征地、气候等一系列难题。对此，CB03 标段采取了“科学规划”和“交叉作业”的办法，并以科学的手段进行了“地基加固”，解决了建厂的重点难题，仅用 4 个月就建成了一座现代化的大型墩台预制场，成为 CB03 标段海上作战的大后方。

在紧迫工期的要求下，东莞预制场马上开工，其面临的第一项任务就是：墩台首制件施工。要让墩台满足港珠澳大桥一百二十年使用寿命的要求，必须为它锻造“金钢”之身，而这是一个非常艰辛的过程，每取得一个小进步都要付出超常的努力。项目部多次邀请专家组到现场，与工区负责人一起研讨方案、攻克技术难题，讨论会持续到凌晨一两点是家常便饭……叶建州坦言：“大家的压力都非常大。”

高压状态让团队里的每个人都紧绷着弦，随时面临“崩弦”，陈礼黎看在眼里，挂在心里。一次，在基地饭堂吃饭，叶建州承受不住压力，抱着党委书记、联合体总经理赵传林痛哭，平常更是因为工作压力过大而失眠，有时甚至靠咬自己的胳膊解压。陈礼黎在了解了情况后，多次连同支部书记李丽军主动开导叶建州，用心去理解他的压力和难处，通过一次一次的“聊天”，尽己所能帮他减压释压，给他带去关心和温暖。

除了充当“开导者”的角色外，陈礼黎也总是挖空心思地想办法，为大家解决实际问题。为了保障工程进度，参战人员几乎都放弃了春节假期，坚守一线。在这一情况下，陈礼黎贴心地创新了“反探亲”政策，鼓励职工家属来施工现场探访，工会更是为家属们报销了一次路费，并设立了家属探亲陪同假，

▲“小虎队”在2013年中央电视台“五一”晚会上接受主持人采访

允许员工们请一两天假去陪家属，带领家属参观工地。这不但解决了建设者们心中的牵挂，更让家属们对建设者们的工作和日常生活有了更多的了解，进一步取得了他们的信任和支持。陈礼黎常说："关心也是生产力。"诸如此类的小举措，正好满足了员工们的需求，得到了很好的反响，有效稳定了职工队伍的情绪，让他们工作起来更有干劲和热情。

在团队们的共同努力下，2013 年 3 月 5 日，港珠澳大桥桥梁工程第一座整体式墩台从东莞预制场横空出世，26 米多高的 31 号墩，在蓝天白云下，如巨人般傲然挺立。首件墩台的诞生，是国内首个整体埋置式承台成功安装的必要前提！

3 工区 6 名"80 后"技术人员因在首墩预制中的出色表现，被亲切地称为大桥建设的"小虎队"。他们攻克难题、勇于创新、倾心奉献的事迹，更是受到了广泛关注。在 2014 年的"五一节"期间，受全国总工会和中央电视台的邀请，"小虎队"以港珠澳大桥"80 后管理团队"的名义，作为全国建筑行业的唯一代表团，到北京参加了"中国梦·劳动美"庆祝"五一国际劳动节"特别节目，登台接受了访谈，展现了港珠澳大桥建设者们的傲人风姿和良好的精神风貌，使东莞墩台预制场成为港珠澳大桥建设中一张"闪亮的名片"。

工地书记实干为先

2013 年 4 月，港珠澳大桥 CB03 标段 3 工区原综合事务部部长李丽军，被任命为 CB03 标段 3 工区党支部书记。秉持着"每一次都是第一次"的理念，李丽军深知，作为一名"工地书记"，必须考虑实际的生产问题：如何通过抓好党建工作，凝聚广大党员的精神和干劲，把大家的思想和行动统一到大桥建设中来？面对超级工程的各项施工难题，如何让工区上下一心，培养起每一位成员精益求精、精雕细琢的"工匠之心"？如何培育所有大桥参建人员的创新能力，来适应大桥建设众多的新技术、新工艺和新要求？

▲李丽军在施工现场

3工区团队是一支非常年轻的“青春队伍”，在48名成员中，“80后”占90%以上，平均年龄仅为28岁。李丽军十分了解青年人，他紧紧抓住他们“知识结构新、思想文化意识超前”的特点，有针对性地开展了特色党建工作。

首先，以创新的文化理念为切入点。李丽军提出了“预制未来，成就非凡”的文化理念，以此吸引年青小伙子们的目光，随即顺着大家的兴趣，利用一切机会围绕着这一理念，和员工们展开了沟通、谈心、开会、讨论，在潜移默化间用项目文化凝聚起团队的共识和认同感。

其次，关注团队成员的职业规划与个人成长问题。李丽军以打造一支政治觉悟高、业务素质硬的团队为目标，从业务素质入手，将工作重点放在了全员业务能力的提升上，坚持开展职工培训、立功竞赛、拜师学技、岗位练兵和技术比武等活动，激励大家奋发求进，鼓励团队每一位成员都争取成为一名优秀而称职的大桥建设者。

最后，注重创新能力的培养和塑造。由于墩台预制施工面临着许多工艺难题，单靠以往的经验难以解决，因而对创新能力提出了极高的要求。李丽军看到工程推进的关键点后采取了一系列措施，不但组织成立了青年创新工作室，围绕着技术创新开展系列活动，还针对墩台预制的技术难点，成立了青年突击队，开展了专项技术攻关，研究了大量新技术、新工艺、新材料，攻克了颇多技术难关，极大地推进了工程建设的进度。这些措施的施行，在工区内营造了一种积极向上、不畏难题、敢于创新的氛围，他们的团队也因此被授予了“全国工人先锋号”的称号。

李丽军常说：“作为党务工作者，在基层，在工地，讲太多大道理没有什么意义，反而适得其反，大家看的是行动。党员干部的模范带头作用怎么体现出来？通俗一点，不就是吃苦在前、享乐在后吗？如果不能以身作则，是带不好队伍的。”

在墩台预制施工推进的过程中，他全程参与，甚少休假，与这一支年轻的团队一起奋斗、一起吃苦、一起攻坚克难，有问题主动承担责任，有困难始终保持激情，从来不在同事面前发牢骚抱怨。而在这背后，大家都深知他的不易。至今，工地上仍流传着他的故事，在预制场的这两年，李丽军因长期无休，无暇照顾小孩，以至于孩子被认为是单亲家庭子女……用微笑谈奉献，这便是“工地书记”的豁达与担当。

在李丽军及班子成员的带领下，在3工区所有建设者们的努力下，从2014年到2016年，这支年轻的队伍取得了亮眼的成绩，他们率先打造了港珠澳大桥全线第一座整体式桥墩，更在施工中创造了单月预制9座、运输9座桥墩的纪录。

最温暖的港湾

除了墩台预制任务大部分在陆地上进行外，CB03标段项目部还承担着许多外海施工任务，包括408根钢管复合桩的插打，85跨钢箱梁的海上吊装，

4 根 163 米高的桥塔柱现浇施工，2 个钢铁“中国结”的海上安装，等等。

海上施工作业团队，一次在海上待十天半个月是常事，而施工现场高温暴晒、昼夜温差大、潮湿，环境异常辛苦，常人难耐。为了让工人们能坚持下来，陈礼黎和支部其他委员门一起研究解决方案，想方设法地改善工人们的工作和生活条件。比如，在天气恶劣的时段，采取“错峰”作业，避开一天中最热的时段，早上尽早开工，中午休息后，下午气温稍微降低后再继续施工。

而对于这些“外海人员”，党组织更是对他们的“个人问题”费尽了心。外海作业环境艰苦，绝大多数都是男性职工，工地上几乎没有女性。而长期投身于紧张的施工作业，未婚的小伙子们在工作期间很难接触到同年龄层的女孩，因而造成了普遍存在的找对象“老大难”的问题。陈礼黎知道，这个问题看似与工作无关，但如果长期不解决，定会造成人才流失、队伍不稳定，所以他将帮助未婚男青年“脱单”的问题提到了议程。党支部和工会为青年职工量身打造了“情缘工程”，陈礼黎这一工程中的“红娘”，更是细心地将所有未婚青年都记录在册，牵头为大家联系本地的学校、医院等女性较多的单位定期举行职工联谊会。大家对这项活动好评不断：“他们搞的这种联谊跟电视节目里的‘非诚勿扰’节目差不多，而且成功率还不小！”

除此之外，陈礼黎对因为项目而长期分居的“小两口”也十分上心。海上作业员冯宝强 2012 年来到项目部，他的女朋友在天津任教师，两人长期分离，冯宝强遂向项目部提出将女朋友调到珠海工作的申请。陈礼黎在充分了解情况后，进行了相关考察，2013 年，项目部给冯宝强的女朋友安排了资料员的岗位。虽然来到了同一个项目部，长期在外海作业的冯宝强仍是很少回基地，但相比以往，彼此的距离总算靠近了一些，心中的牵挂也少了许多。有一次，台风登陆前，冯宝强跟着大部队回撤基地，陈礼黎看见冯宝强的女朋友拿着伞，站在项目部门口，一直等着他回来。此情，此景，让陈礼黎动容，他随即安排支部干事将这个故事记录下来，并为故事命名为《台风里的爱情》，同时把主人公列为典型进行宣传，以弘扬正能量。同时，陈礼黎还以他们为主角，拍了一部名为《情定伶仃洋》的微电影，他们动人的故事在项目部中广泛流传，反响极好。

外海作业的艰辛无法避免，而党组织用一件件小事温暖着每一个成员的心，如同每一位员工的温暖港湾，让大家虽有离乡别绪，在工地中虽会遇到艰辛与困难，却总能在组织中感受到如家、如亲人般的温暖。

陈礼黎曾如是说："书记，就是要切实为职工解困分忧、办实事、办好事，让职工有困难找书记，使书记成为群众最信赖的伙伴和最坚实的后盾和依靠。"这，或许就是对"工地书记"四个字最好的诠释。

美丽的孤岛故事

——记桥梁工程CB01标段党工委书记王树枝和他的团队

CB01 标段包括青州航道桥、深水区非通航孔桥钢箱梁、钢锚箱、钢结形撑的制造、运输和安装。

孤岛，是港珠澳大桥桥梁工程 CB01 标段钢箱梁拼装基地的别称。其距离市区 30 余公里，地处中山马鞍岛偏僻的江畔。2011 年建设伊始，1000 亩地尽现黄沙杂草，茫茫滩涂，交通极为不便，甚至没有一条像样的道路，人与物资需要用小舢板和货船来回渡运，媲比荒野，因此得名。

正是在这座“孤岛”之上，由 1300 余名建设者们组成的“橙色铁军”在党工委、项目总经理部的带领下，用时三年，先是把“孤岛”变作了“绿岛”“现代化之岛”，再是变作活力、情谊、梦想之岛，用激情与热血作笔，谱绘了一个美丽的孤岛故事……

走在前头的“拓荒兵”

“要在半年内建设完成适应港珠澳大桥钢箱梁总拼装要求的厂房和胎架”，这是业主和集团公司给 CB01 标段项目部下的硬要求。但马鞍岛上一片荒芜，野草丛生，要在极短的时间内建起十几万平方米的厂房，许多前来视察的领导都不禁感叹：“天时、地利、人和，真的是一样都不占啊……”

公司领导对中山基地的建设进度十分担忧，希望刚刚参加了山桥产业园建设的王树枝能到中山基地现场组织建设，任党工委书记、中山基地建设指挥长。此时，王树枝心里“咯噔”了一下，想到了他的妻儿和需要照顾的老人。年逾半百的王树枝，在中铁山桥公司已供职三十多年。自 2002 年开始，他就一直工作在工程一线，过着“漂泊不定走四方”的项目管理生涯，因此多年来一直无法亲身照料家中事务，心中存留着对家人的无尽愧疚。2010 年，王树枝终因家庭原因调回山海关公司任职。此时他的家庭情况十分困难，家中三位亲人罹患重症，作为“大家长”的王树枝在工作之余日日在三所医院间奔忙、照料。

如今，在面临工作与家庭的“两难抉择”时，王树枝内心清楚，基地建设是一场必须打好的根基之战，是不容有失的。理智与责任告诉他，他必须去。“舍小家、为大家”，这是一个揪心而又不得不做出的选择。

▲王树枝在钢箱梁大节段转运现场

▲王树枝在中山马鞍岛钢箱梁拼装车间

既决定做，便要以百倍的决心去做好，这是王树枝的性格。还记得在港珠澳大桥 CB01 标段项目部刚刚组建时，王树枝就曾给山海关的参建者们说过："干完港珠澳大桥这个项目我就要退休了，但是在我职业生涯的最后三年里，我要完成两个目标，一是要为山桥站好最后一班岗，将港珠澳大桥建设成山桥参建的精品工程、世界工程；二是要通过港珠澳大桥这个千载难逢的平台为山桥乃至中国的桥梁建设领域培养出一批优秀人才。"这不但是他自己的目标，也是对山桥、对港珠澳大桥项目的一个庄严承诺。

王树枝远赴祖国的南方，踏上中山马鞍岛，尽管已有心理准备，但眼前的情况还是让王树枝感到压力重重，无从下手：土建施工要完成三百多个基坑承台；房架钢结构就有 8000 多吨；十几台起重机需要制造安装；各种生产和生活物资仅能靠船运完成；气候恶劣，台风、暴雨频繁，仅 2011 年一年便先后组织了三次几百人规模的岛上撤离……这是一次名副其实的"拓荒之战"。

重重困难压在中山基地每一位建设者的心头，为了保证工程进度、满足大桥的拼装要求，王树枝作为带头人，别无选择，他知道："硬着头皮，都得上！"王树枝为团队加油、鼓劲，告诉大家："成功，靠的是顽强的毅力。"他鼓舞大家发挥山桥铁军的优良传统，以英勇征战和志在必得的态度应对困难，他自己更是用百倍的热情与激情感染、带领着中山基地建设指挥部及全体建设者，以"人生一搏、问心无愧"和"不言放弃"的无畏精神全力投入。在这过程中发生的许多点滴"小事"，在平凡中润人心田，给人以力量。

在中山基地的基础建设战中，工程管理部的吴师傅如同一个"闲不下"的陀螺，总是在基地奔波忙碌。一天，青年小伙阎帅在上岛途中遇见了熟悉的吴师傅。一问，得知是供水出现了问题，吴师傅正赶着到岛对岸察看水管。阎帅知道吴师傅患有糖尿病，饥一顿饱一顿对他的健康影响很大，嘱咐道："到饭点了，您吃过午饭再去吧！""回来再说，先把水管接通吧……"话音刚落，吴师傅已经急忙跳上船，前往目的地看管道了。他深知供水是关系岛上千余人生产、生活的必要保障，不去解决，便安不下心。长期生活在工地，吴师傅从不把自己当"特例"，从不把自己当"病人"，作为拥有二十年党龄的老党员，不曾抱怨过什么，不曾要求过什么，却用实际行动影响着年青的建设者们，以自己的方式为事业奉献与担当。

正是凭着团队上下一心、不怕苦、奉献在先的精神，CB01标段的项目员工们克服了基地建设过程中出现的台风、连绵降雨、道路不通、水电故障、渔民纠纷等诸多困难，终于在千亩平地上建成了拥有存放能力达1.2万吨的板单元存放区、5000吨级码头的世界最大钢箱梁拼装基地，大跨度现代化拼装厂房崛地而起，拼装胎架建设到位，先进设置配置到位，打赢了这场行之不易的"拓荒战"！

2012年12月28日，港珠澳大桥钢箱梁总拼装顺利开工投产！在开工仪式举行当天，随着一阵狂风，雨帘从天边漫过，天地顷刻间变成白茫茫的一片，岛边树木被狂风吹得东倒西歪，地上更是泥泞不堪。正当大家发愁时，风雨停了 10 分钟，作为开工仪式的主持人，王树枝一声令下，抓住难得的停雨间隙正式举行了开工典礼！当时，中山基地建设指挥部、技术部兼工程部部长陈朝军感慨道：“中山基地正是在暴风雨中站起来的，风雨过后将迎来彩虹！”这是每一位建设者的心声，在这个激动万分的时刻，不少建设者流下了激动的泪水。

而王树枝却来不及过多地享受这份喜悦，在开工仪式圆满举行后便匆匆赶回山海关。其实，在开工仪式前，王树枝曾经接到过两张岳父的病危通知单，但因为时处基地建设的关键冲刺阶段，他实在难以分身，每天只能通过电话与亲人们沟通。当王树枝赶回家时，老人已在重症室抢救多天。王树枝陪伴在老人身边伺候，直到老人去世。料理完老人的后事，王树枝调整心情，即刻赶回中山，再次投入新一轮的工作与挑战中。这份坚忍与担当，是老党员肩上那份沉甸甸的责任。

“橙色铁军”燃起攻坚热焰

中山基地建设完成后，钢箱梁总拼装全面开工。在 5 月、6 月的中山基地，

▲中铁山桥“橙色铁军”团队

▲钢箱梁整体、吊装上船鸟瞰

透蓝的天空悬挂着火球似的太阳，闷热的天气让忙碌的人们感到窒息，37℃的高温更是把人的皮肤晒得生疼。各种生产难题如同道道难关，继续考验着每一位建设者。

面对总拼厂房6000多吨的钢结构要在3个月内全部完成加工详图的转化、钢结构的加工制造、安装等工作的目标，“孤岛”的先天条件如同“拦路虎”，一再给建设者们带来挑战。岛上未建设通桥，人员和生产、生活物资仍需通过水路运输，进场十分不便；加之当地多雨，场地上常常泥泞一片，导致钢箱梁构件的转运十分困难，严重影响了工程进度。这让原计划每月产出一轮的计划，需要延时到五个月。这是摆在CB01标段项目部面前的制约性问题，如果不解决，势必无法在合同工期内完成大桥建设，党工委副书记、项目经理赵达斌在此情况下心急如焚。他绞尽脑汁，想千方、设百计，终于拿出了组织员工奋力拼搏突破难关的方案——劳动竞赛，并随即由党工委召开了党员大会，开展“战前动员”，要求党员身先士卒，带头攻坚、做职工的楷模。最终，经过近 100 天的艰苦鏖战，圆满完成了百日劳动竞赛的既定目标。

工程攻关的步伐不会停歇，2014 年 1 月 15 日，CB01 标段项目又迎来了一个关键的攻关点：首段钢箱梁装船启运。这标志着港珠澳大桥从陆上连接正式转入桥位连接阶段。而此时，CB01 标段钢箱梁大节段拼装的进度十分缓慢，原计划每月至少拼装 4 个大节段，现在却仅能完成 1 个。钢箱梁大节段拼装是保证全标段施工的重中之重，赵达斌深知，再这样下去，将无法满足桥址安装的要求，彻底陷入被动的局面。于是，项目部再次进行“集中攻关”，组织了一次“生产攻坚月”活动。

在两次攻坚战中，一个又一个的党员干部默默奉献，吃苦在前，甘于坚守生产一线的故事在“孤岛”上发生着，他们用实际行动在自己的岗位上践行着身为共产党员的那份责任、担当。

在 3 米高的钢箱梁段上，总能看见生产管理部副部长唐宝华“上下翻爬”的身影。为了做好施工现场进度的检查工作，及时发现存在的问题，他每天都要爬到梁段上进行检查，不是一次，也不是两次，是每天数十个来回。但他从不喊苦、不喊累，并最终按时完成了小节段第一轮至第四轮的生产，有效保证

▲2013年7月6日，港珠澳大桥主体工程新党员入党宣誓仪式在中山拼装基地举行

了拼装生产紧张有序地进行。

“施工现场最忙碌的人”，这是大家给设备管理部副部长祁连海的一个称号。在攻关竞赛如火如荼地进行，钢箱梁节段需吊装上船之际，重大关键设备2000吨龙门吊的电机突发故障，出现了停摆。“急得火上房”的祁连海立马组织相关部门进行了两天两夜的抢修，自己也是紧紧地盯在设备旁，熬得两眼发红的他没有一句怨言。最终，设备故障顺利排除，工程节点顺利推进，保证了钢箱梁按时启运。

后勤保障工作是攻关顺利开展的基础，老党员胡秀华对此费尽了心思。他尽心尽力地组织食堂人员改善伙食，让大家吃饱、吃好，按照时令增加绿豆汤、茯苓汤和水果，为大家解暑、防病。

身穿橙色工服的他们，犹如一团团热焰，饱怀着攻坚的激情，以平凡的奉献精神、先锋模范的带头作用鼓舞着所有的建设者们。在他们的带动下，全体建设者士气高涨，“橙色铁军”成为一道亮丽的风景线；在他们的共同努力下，CB01标段项目创造了每月完成5个钢箱梁大节段拼装的新纪录，确保了现场安装需要。

孤岛上建起暖心“小家”

从山海关到中山，2000多公里的路程，承载了所有建设者们背井离乡的愁绪和思念。党工委书记王树枝曾写下“云遮青山下，水漾银波起。孤岛思乡情，飞鸿可捎去”的诗句，道出了“孤岛”1000多名建设者们的思乡之情。

港珠澳大桥钢箱梁总拼装量巨大，工期紧张，每天的工作都十分忙碌，加之远离亲人、家乡，建设者们免不了有急躁、忧伤、落寞的时候。王树枝没有忘记，刚来到港珠澳大桥项目时他就曾经说过，不但要建好桥，也要育好人。与此同时，更要让这些离家的“游子们”在项目部中感受到组织的关怀，感受到“家”的温暖。

2014 年 7 月，港珠澳大桥建设进入了攻坚阶段，CB01 标段的建设任务十分紧张。但此时，环境考验仍在加剧，高温酷暑、台风暴雨、蚊虫苍蝇……从事拼装、焊接、涂装等特殊工种的工人，白天在最艰苦恶劣的环境中工作，晚上就住在临时搭建的简易工棚中。随着气温不断攀升，晕倒、中暑等情况接连发生，毫不吝惜地削弱着这支“橙色铁军”的士气和战斗力。在建设者们的健康和工程进展皆受到严重影响的情况下，项目部领导看在眼里、急在心上。

CB01 标段总监程志虎受“赤脚医生”制度的启发，提出了“工地卫生队”的概念，并很快与 CB01 标段项目部领导取得共识，联合筹建了港珠澳大桥 1 标段工地卫生队，这一举措真正解决了“当务之急”。党工委书记王树枝在工地卫生队成立动员大会上提出要有“奉献之心”，对卫生队员寄予了厚望：“钢梁 1 标段的同志亲如兄弟，心连心、心贴心、心换心，每个卫生员的肩上都将多一份责任、多一份新的使命。”

“工地卫生队”下设 8 个分队，卫生员总人数为 72 人，全都以“义工”的形式投入服务队伍中去。CB01 标段健康、安全和环境管理部部长、老党员

▲CB01标段的职工宿舍区

马学利担任CB01标段工作小组组长。虽是“义务”工作，但担起这个责任后，马学利没有徒挂虚名，也没有当“甩手掌柜”，而是细致入微地为每一个员工“谋健康”，是位名副其实的“工地暖男”。为了加强“工地卫生队”的专业性，马学利专门请来了地方红十字会和工业防疫专家，为所有的工地卫生员进行了系统的医疗急救业务知识培训。同时，他协调组织购置了日常现场急救设施和设备，包括药品器具、救急箱、“三防”包等。在天气特别炎热的时候，他还及时地为一线员工送去了藿香正气水、夏桑菊、风油精等降暑药品，更是根据施工的特点，在拼装生产线、涂装车间，贴心地设置了防暑降温饮用水供水点、定点吸烟室。在发现有员工因为不适应南方湿热天气而患上腰腿痛、湿疹等疾病的情况后，他马上对症下药，组织建立了理疗保健室，请具有理疗师资质的员工担任理疗师，开展按摩、拔罐、刮痧、药灸等多种治疗项目。马学利实实在在地为员工服务，切切实实地解决问题，得到了项目部上下的一致好评。

除了保障好职工的身体健康外，每一位员工的心理状态，以及德才培养、综合素养的发展问题也是党工委书记王树枝尤为重视的。但要在工地上讲文化、谈发展不能用通用的路子，因为在紧张的生产建设中，在特殊的孤岛环境下，过于严肃的方法肯定行不通。党工委“量体裁衣”，把“快乐”当节奏，建造起了“职工小家活动室”“大型灯光球场”“室内羽毛球场”，并设立了书籍刊物阅览室、台球棋牌等文娱项目，同时开展了“六一系列活动”“体育友谊赛”“南方情谊联谊活动”“采风郊游”“绿岛之歌”“共读《北大修身课》”等一系列寓教于乐的活动。

其中，“孤岛夜话”活动，便如同建设者们的“心灵之家”“思想之家”。每一期“孤岛夜话”都会邀请国内外知名专家学者授课，内容涉及桥梁知识、史地人文、文化艺术、技能技巧等，以此培养员工们的思想文化素养，开阔眼界思路，增加知识技能。党工委书记王树枝在第一期“孤岛夜话”讲座中说道:“富裕与贫穷，快乐与悲伤，并不是生活的本质，而是我们看待生活的角度或心态。快乐是一首诗，悲伤也是一首诗，把生活当作一首诗去读、去悟、去创作，这不就是诗意生活吗？把生活当作诗来读，可以把清贫变得富有，把辛劳当作享受……”这看似是与工程无关的“文人诗意”，却用清隽数语向孤岛上的建设者们道出了对待工作、生活甚至人生的态度与觉悟，带领建设者们在这个看似寂寥的“孤岛”上“在平凡中寻找焦点，发现美、追求美、创造美”，体验和享受正在经历的工作和生活，追求心中的理想和梦想，创造一片属于自己的美丽天地。

“美”，似乎是与“孤岛”难以关联的词语，却正是在时间的推移中，孤岛在建设者们心中正越发美得灿烂。

2015 年 9 月 28 日，CB01 标段钢箱梁大节段总拼装全面完工；2015 年 11 月 20 日，CB01 标段最后一个钢箱梁大节段在中山基地启运。至此，CB01 标段在港珠澳大桥的生产任务基本完成。当再次回望这个与自己的人生、青春发

▲青州航道桥合龙段吊装

生交集的“孤岛”时，大家发现，它早已不是当初的模样。

运动场，图书室，绿树花草；

巨型钢箱梁，高吨位龙门吊，世界级厂房；

战友，兄弟姐妹，亲人，前辈，师长；

煎熬而打满鸡血的岁月，青葱中嬉笑苦闹的时光；

荣誉与成绩，自豪与骄傲……

三年，31 名党员，97 名职工，1300 多名建设者们为这个孤岛注入了活力、情感，留下了拼搏、奋进的印记。一颗颗壮志的心在此安家，一个个美丽的梦想在这里播撒下了种子，正茁壮成长！这是属于这片“孤岛”上的“美丽故事”。

不平凡的坚守

——记桥梁工程CB02标段党支部书记黄新明、副书记刘春喜、组织委员王中立、宣传委员吴涛和他们的团队

CB02 标段，全长 7.154 公里，主体由 58 个钢箱梁大节段、49 个钢箱梁小节段和三座单重约 2600 吨的钢索塔组成，工程总用钢量多达 16.3 万吨。

2012 年 3 月 15 日，武昌船舶重工集团有限公司（以下简称武船）在激烈的竞争中成功中标港珠澳大桥主体工程 CB02 标段工程项目。2016 年 9 月 27 日，港珠澳大桥主体工程桥梁工程贯通。至此，港珠澳大桥 CB02 标段项目宣告竣工！曾经看似遥不可及的梦，终于从蓝图一步一步变成了现实。

在四年有余的时间里，CB02 标段项目党支部的每一位共产党员都传承了军工企业艰苦、执着、团结的精神，在艰难的任务面前敢于拼搏，从不退缩。

坚定不移的强心剂

港珠澳大桥项目部党支部是武船唯一设立在工程项目中的党支部，书记为黄新明，副书记为刘春喜，组织委员为王中立，宣传委员为吴涛。这是一个精悍干练的党支部，支委与党员在项目中发挥了十分积极的作用：一方面，抓项

▲黄新明在施工现场

目管理，用最审慎的态度去看待项目中的每一个环节；另一方面，抓党务工作，让党风、党性洋溢在项目中的每一个角落，让党支部的每一位成员都感受到使命的召唤，感受到责任的重大！

在港珠澳大桥这一超级工程中，项目的每一步推进都甚为不易，项目初始之时，更是困难重重。在新建的板单元生产基地“武汉双柳基地”中，各种配套生产设施不完善；项目部引进的国内钢桥制造领域首次采用先进自动化板单元生产线，毫无经验可循，调试过程状况频出……当时，团队中有人打起了“退堂鼓”，对项目产生了怀疑，更有了抵触前往双柳基地工作的情绪。

王中立作为支部委员，为解决眼前的困境费尽了心思。为了让新设备能够早日投产，他主动带领两名检验员天天“泡”在现场，跟踪检验、记录每台设备的调试状况，每天整理好详细资料，及时地向项目部相关部门反馈，以便技术和设备部门及早拿出改进方案。在他的努力下，设备调试工作很快取得了进展。与此同时，为了调节大家的心理状态，王中立常常与项目部同事谈心，潜移默化地向大家介绍港珠澳大桥的建设意义，分享自己在工作中的感受，以此缓解同事们的焦虑情绪。在他的带动下，项目部的同事们逐渐充满了信心并鼓足了干劲，促使项目不断向良好的方向推进。终于，在2012年8月22日，港珠澳大桥CB02标段工程顺利开工，并经过近20天的努力，如期完成了顶板单元件、底板单元件和横隔板单元件的首制件制作，获得了监理和管理局等相关单位的高度赞誉，使项目实现开门红！

然而，单元件首制件成功只是长征的第一步。2012 年 11 月，单元件首制件制造的紧张气氛还未散尽，中山拼装场地（中山基地）施工准备工作就已经开始了。中山基地是 CB02 标段钢箱梁拼装、装船等重要施工任务的主战场，前期的建设及准备工作尤为重要，项目部对两位支委吴涛、王中立委以重任，将他们派往中山基地负责相关事宜。然而，当他们抵达施工现场看到眼前的状况时，压力瞬然而至。租用性质的中山基地为满足拼装需求，面临着大量的改建工作，人员、设备仍未完全到位。在此情况下，要满足工期与质量的严格要求，几乎是不可能的事情。这时，个别工人的第一反应是："回去算了……"

但他们两个人从未有过"放弃"的想法。王中立意识到，这是一个至关重要的时期，作为党支部委员，必须担起责任，想办法推进项目。他第一时间向公司报告，说明了中山拼装厂的情况，并提出了施工要求和解决建议。在进行了多次沟通和协调后，拼装厂施工部分的基本问题得到了解决，人员和设备逐步得到补充，中山基地顺利投产了！

随着施工的展开，新问题又随之而至。在面对港珠澳大桥这一超级工程的

▲王中立在施工现场

新技术、新工艺、新规范时，许多基层建设者们、一线工人们因受限于以往的经验，对很多新问题产生了恐惧与迷茫，甚至出现了不安与躁动情绪。为了安定军心、鼓舞士气，支委吴涛作为工地负责人，以身作则，动员所有管理人员深入现场，与工人们共同攻关，及时解决现场施工过程中难以解决的问题。这样一来，不但提高了生产团队的工作效率，更加强了团队的凝聚力，大家工作起来格外有劲儿！

经过初期投产的100天的“磨合期”，中山基地的施工整体进入了较为顺畅的阶段，生产效率从90天完成一轮，提升至60天，并逐渐又提升至45天、35天，达到稳定状态，为后续施工奠定了良好的根基。

将困难磨到底的意志力

项目团队从进场的第一天开始，每一天都在与时间赛跑，从未有过喘息的机会。58个钢箱梁大节段、49个钢箱梁小节段，3座重约3000吨（含吊具）的巨无霸钢塔，这是横亘在CB02标段项目部面前必须在有限时间内完成的“硬任务”。在生产制造的过程中，每一位建设者都耗尽了心力。

在“工期紧、要求高、难度大”的工程特性下，为了完成艰巨的任务，CB02标段秉承了军工企业精神，实施了严格的团队管理。CB02标段的项目员工多来自武汉本部，从2013年到2016年，项目部一直采取灵活而又严格的“两月一休”的休假制度，每人、每次休假时间为连休7天（常规来回路途时间为2天）；在工作日时间，考虑到团队作风以及安全问题，严格要求员工无特殊情况不可单独外出，外出需填写请假条，更不能出现打牌、赌博等情况。

在如此严格的要求下，支部党员以身示范，充分发挥模范带头作用，用支委吴涛的一句话说，即“必须自己先有拼劲，带头前进，大家才会跟着一起拼”！

黄新明作为党支部书记、项目经理，更是以同样的要求严以律己。由于项目管理需要，黄新明需要经常往返于武汉、中山、珠海三地，但在项目推进的几年间，家在武汉的他从未因母亲住院、孩子升学、家中住房拆迁等重要却属于非公务的私事离过一天岗、请过一天假。在中山基地开工后，他更是将自己深深地扎根在中山，与团队的兄弟们同奋斗、共拼搏。虽把自己的“私事”放下，但“漂泊他乡”的工作给员工们带来的生活困难他却都牢记在心，谁的孩子还小却不能回家陪伴、谁的爱人生病却还奋战在一线……这些情况他都知道。所以，平时他宁愿自己多“站岗”，也要将回家探亲的机会留给其他有需要、有困难的员工。而这，便是党员的一份胸怀与担当。

正因具有过硬的团队作风、甘于奉献而不计付出的精神，这支有血有肉、有脊梁的队伍在面临工程难关时仍能扛起重担，经受起考验与打磨，前行不止。

江海直达船航道桥 138 号钢索塔的翻身施工是尤为艰难的一项任务。与已率先成功完成吊装的第一座、第二座钢塔不同，重达 2500 余吨、长 100 多米的 138 号钢塔，需“额外”经历一项在中国乃至世界桥梁建造史上皆无先例的极难工序——空中翻转 180 度。

▲黄新明在海豚塔底座施工现场接受央视记者采访

面对这一难题，项目部成立了钢塔翻身专班，在仅有的两个月工期的要求下，全员进入了极度紧绷的状态。支委吴涛回忆："当时是非常难熬的，我们基本上是24小时待命，每天清晨开着16座的商务车到达施工现场投入工作，中途实在累了便换班在车上睡一下。最艰难、最紧张的20多天，大家基本上都待在现场，很少回宿舍休息……"

支委王中立作为质检部部长，对翻身施工中涉及质量控制的每一个环节都"悬着一颗心"。翻身工装制造是"翻身战"中的第一项关键环节，任何一丝失误都有可能对巨型钢塔造成不可逆的损害，甚至导致安全事故发生，所以，项目部对质量问题十分重视，翻身工装每条焊缝的质量都要求达到"100分"。王中立深感压力之大，他带领其他检验员进行了认真策划，对焊缝预热、保温工作进行了全程监控，并在工序完成后进行了严格检验，同时在无损检验合格后跟踪实施了复检。在团队成员们的共同努力下，他们克服了武汉寒冷、中山潮湿等不利于焊接施工的环境因素，达到了工装焊接质量100%满足设计要求的标准，为钢塔翻身的安全提供了有力的保障。

工装制造完成进入安装环节后，王中立对其与巨型钢塔的连接质量仍放心不下。在工人实施焊接作业时，他自己也爬上20多米的高空，对每一条焊接完成的焊缝进行质量检查。进入施工阶段，王中立负责施工过程的测量监控工作，为了保证测量数据的准确性，他带领团队编制了测量监控方案，并在施工现场对测量工作进行实时指导。在这两个月的时间里，王中立几乎每天都是在加班中度过的，日均睡眠时间仅为两三个小时。无论是白天、黑夜，还是刮风、下雨，只要可以施工，就能看到他在施工现场忙碌的身影，而他从未向任何人抱怨过。王中立用行动践行着无私奉献、艰苦拼搏的精神，以一种无形的力量，鼓舞、支撑着团队里的每一位建设者。2016年5月7日，138号钢塔的"翻身战"正式拉开了序幕，经过全员为时10天夜以继日的共同努力后，于5月16日完美收官。

▲王中立在施工现场

润人心田的力量

为了完成好港珠澳大桥这一“超级工程”的建设任务，武船集团专门为该项目设置了 500 万元的奖励基金，并授权党支部书记、项目经理黄新明支配。公司公布这一决定后，黄新明当即明确表示：根据项目部的管理制度，按照质量、安全、进度等要素，全额发放给团队中的所有人员，自己分文不取！

黄新明很认同一句话：财聚人散，财散人聚。他用正面激励的方法留住人才、激发团队的主观能动性，更是相信，只有把福利发给大家，把钱真正用到每一个为项目付出的建设者身上，才能把团队建好，把项目做好。

党支部中的党员干部也都一致贯彻了黄新明这一思想。每年年终，项目部都会将公司划拨的奖金总额全数分配到各部门，由部门负责人根据奖惩制度进行分发。如果按照制度中的奖金分配系数分发奖金，比如，主管应该获得系数大约为 1.2 的奖金，那么，一线、二线质检员获得奖金的系数就相应递减。但在具体操作中，大家却都常常“不按规定走”。部门负责人经常缩减自己所得奖金的系数，把更多的奖金划分给团队中的先进力量，以对他们进行鼓励。支委吴涛谈道：“到最后，部门负责人基本上都把自己的奖金额定到很低的水平。”

面对巨大的工作压力、工作强度、工作难度，项目部的党员干部通过工作、生活中的一个个细节，汇注成涓涓暖流，直入人心，点点滴滴地温暖着、鼓舞着团队中的每一位成员。

在以人为本理念的指导下，CB02 标段项目部的管理者对员工们常怀着一颗关爱之心，其在工作中的“暖心”故事不胜枚举。支部副书记刘春喜是 CB02 标段健康、安全和环境管理部的副经理，负责项目部相关安全、环境、职业健康的工作。为了更好地保障团队的职业健康，刘春喜在工作中养成了一个习惯，即经常在媒体上留心与职业病相关的事例。他用活生生的事例来警醒自己，以及教育一线员工，让员工们高度重视职业健康问题。除此之外，他更是切实推进职业健康保障的实际措施，通过带领团队研制新型的工作防护服，使员工们能在施工中得以“全身武装”。刘春喜团队研制的防护服整体防护性强，能够很好地隔绝有害气体，仅在面部采用塑料材质，并极具人性化地从背部接入了一个软管来输送空气，以保证防护服既有良好的透气性，又能更好地抵抗高温。事实上，刘春喜还推进了许多诸如此类的创新，为一线员工们的健康筑起了坚实的防护线，员工们亲切地把他誉为“守护神”。

严肃而有温情、有活力，这是 CB02 标段党支部、项目部的特色。CB02

▲黄新明在施工现场

标段这一团队就如同一个大家庭，支部书记、项目经理黄新明作为大家长，对每一位同事皆以“兄弟姐妹”相待，他认为，团队中的每一个人，都需要关心和体谅。

一方面，他十分关注员工们的身心健康，提出了“快乐工作、幸福生活”的理念。尽管工作节奏十分紧凑，黄新明依然十分重视员工们的业余文化生活，提倡大家多参与象棋比赛、摄影比赛、文艺表演等各种文艺活动。这不但缓解、调节了员工的工作压力，而且还提高了团队的活力、凝聚力，从而推动了项目的顺利发展。

另一方面，他高度关注员工们的个人发展与职业规划。黄新明不仅着眼于眼前的工作，更是对人才培养有着长远的规划，他希望通过项目为每一个员工搭建起实现自我价值的平台。他通过与员工们进行沟通，了解了每位员工的优势、劣势，进而引导他们进行职业规划，给予他们合适的岗位建议。而且，他从员工们的需求和心理出发，给予每一位员工可以实现的目标以及可以实现立项的空间，让大家能在工作中收获成长与成就感。

光阴四载，CB02 标段项目成员在坚守中成长，他们把苦累、汗水、欢悦都熔铸在了这座钢铁桥梁中。支部党员作为中坚力量，在难题面前，他们从未逃避，从未退后，从来都是第一个走向前。“迎难而上、吃苦在前”这八个字，是他们作为一名光荣的共产党员，最执着、最不平凡的坚守！

一个老党员的大桥情

——记桥梁工程CB05标段党员谭国顺

CB05 标段，全长 6.653 公里，为部分浅水区非通航孔桥、九洲航道桥、珠澳口岸人工岛连接桥的土建工程及组合梁施工区。

“我建了一辈子桥梁，从来没有落后过别人，在港珠澳大桥的建设中，我们中铁大桥局作为中国建桥的国家队，有信心、有能力、高质量、高标准地建好大桥，向世界展示中国的建桥水平。”这是一名有着 40 年党龄的老党员在进场仪式上掷地有声的承诺。他就是谭国顺，CB05 标段的项目经理，我国著名的桥梁专家。

谭国顺在年近花甲之年参与港珠澳大桥的建设，五年来，他身上那份特别能战斗、特别能吃苦、特别能创新、特别能奉献的精神，感染并影响了一批批年轻人，他以一名老党员的先锋形象，带动整个团队，在超级工程的建设中迸发出了力量。

40 余年，一个质朴的心愿

2012 年 6 月，中铁大桥局中标了港珠澳大桥 CB05 标段。

在此之前，谭国顺建了大半辈子桥，他参与了国内外众多著名桥梁的建设，先后挂帅京沈客专、东海大桥、杭州湾跨海大桥、胶州湾跨海大桥、广深沿江等重点项目的修建工作，身体力行地见证了我国桥梁建设的发展，多次创造了国内、国际建设史上的奇迹。40 余年如一日，他始终保持着高昂的斗志、顽强的精神，奋战在工程项目中，忘我地工作。而正因如此，港珠澳大桥对谭国顺而言，有着别样的意义。在一次接受采访时，谭国顺怀着自豪的心情娓娓道来："中铁大桥局当年用的第一艘施工吊船是 35 吨级的，1925 年美国制造。如今港珠澳大桥从建设原材料到施工现场多艘 3000 多吨级的吊船等众多大型设备，全部都是国产的。能建成这样一座世界瞩目的桥梁，不仅表示中国具备了先进的桥梁建造水平，更体现了国家的综合实力，港珠澳大桥将是中国走向世界的又一张名片！"

谭国顺抱着对国家、对集团、对桥梁事业沉甸甸的情感，在我国桥梁事业走向高峰、走向世界时，满怀激情、义不容辞地投身到了这一超级工程的建设中来。在他看来，这是一份荣誉，也是一份责任。所以，当时已 59 岁的谭国顺，甘愿"官越当越小"，从正厅级单位的一把手，毅然来到了港珠澳大桥 CB05 标段担任项目经理。

2016 年 9 月 25 日，谭国顺在港珠澳大桥施工现场度过了 64 岁的生日。按照国家政策的规定，他 60 岁就可以退休，但因为参与港珠澳大桥的建设，他又在工地上度过了 4 个生日。"四十载建桥百座树丰碑，花甲年征战南海续华章。"这是中铁大桥局集团公司董事长刘自明到项目部检查工作时，对谭国顺的一句评价，而这也是老党员谭国顺的真实写照。

无惧蹒跚，用创新开拓道路

港珠澳大桥桥梁工程 CB05 标段的工程情况很复杂，这给项目经理谭国顺布下了许多"拦路虎"。一是工程内容多、施工点分散，涵盖了非通航孔桥、通航孔桥、珠澳口岸连接桥、收费站暗桥等，施工点分布在中山预制基地、海

▲伏案工作中的谭国顺

上平台、珠澳人工岛等；加之参战队伍多、施工人数多、大型船舶多，管理协调的难度十分大。二是施工条件无“先天优势”，所处位置地质复杂，孤石、探头石等星罗棋布，气候恶劣，风、浪、涌、潮等影响甚大，由于地处季风气候区，夏季台风频发，给施工带来了极大的困难。

与此同时，港珠澳大桥的设计使用寿命为 120 年，比常规标准整整多出了 20 年，CB05 标段更是离陆地和澳门最近的标段，是展现大桥风采的一个窗口性的工程。这就意味着，这是一大难点但又是必须做到最好的任务。

“浮天沧海远，潮平两岸阔。”在茫茫的大海面前，在波云诡谲的天气面前，在如此高的要求与标准面前，在艰难的施工条件限制下，老党员谭国顺作为一名由技术干部成长起来的优秀复合型的管理干部，凭着四十余年的建桥经验，凭着内心的那股信仰、那份情感，无畏惧，勇向前。自进场以来，他调集了优质资源，科学组织、合理安排，迅速打开了生产施工局面。

开拓创新是党员干部所需具备的精神与能力，这在老党员谭国顺身上得到了很好的体现。谭国顺虽然承担的是项目经理一职，但他一直严格要求自己，始终对工程方案的大方向有着清晰的把握，想方设法优化施工方案和施工组织。谭国顺在方案组织上，总是大胆设想、小心求证，不断总结与归纳，以保证施工的有序进行。同时，作为一名经验丰富的前辈，他从不故步自封，他认为“在超级工程中，传统的施工模式和技术方案已不合时宜，唯有创新才能引领项目建设的方向”。在与参战 CB05 标段的团队员工进行了反复研讨、论证后，他提出了“又快又好”的建设思路，并以此为目标与核心指导了后续工程的推进。

躬身奉献，不能放下的心思

港珠澳大桥的设计使用寿命为 120 年，为了满足这个要求，谭国顺及其 CB05 标段团队面临着几乎最苛刻的标准。

“比方说，平均长度 130 余米、直径 2.5 米的深海桩基，平面偏差必须保证在 10 厘米以内，倾斜度误差必须在 1/250 以内，远超于 1/100 的行业标准，这在国内桥梁外海施工中尚属首次。而且，对于这一标准，但凡对桥梁工

▲谭国顺团队获港珠澳大桥劳动竞赛“优胜单位”称号

程技术略有研究的人，都会为之惊叹。”谭国顺很容易地便可举出如此“挑战极限”的例子，这在技术上对团队提出了超高的要求。

难题从不会让谭国顺却步，这或许是他作为一位党员，内心所固有的那份执着与担当。在难关、难题面前，年过花甲的谭国顺从来都是与团队中的兄弟姐妹一道冲锋在一线的领头人。

其中，港珠澳大桥承台墩身的预制和安装就是一场硬仗。

港珠澳大桥承台墩身的制造，采用的是工厂预制法、大型船舶整体安装施工工艺，为国内首次。谭国顺带着年轻的技术人员经过半年多的反复研究和论证，研发了集机、电、液于一体的承台墩身预制生产线，并成功攻克了大体积承台墩身一次性整体浇筑及养护的难题，大大提高了生产效率和施工质量。

然而，到达安装步骤时却又遇到了难题。2013 年初，承台墩身安装所需的双壁锁口和钢围堰拼装、插打、拔出等均不顺畅，严重制约了施工速度。谭国顺一连数周，冒着寒风冷雨，迎着强涌巨浪，出海指导改进工艺。在他的带领下，技术人员通过采取近海岸整体拼装围堰、运送到墩位整体插打、浇筑水

▲2013年11月2日，中铁大桥局“天一号”运驾一体船首梁海上吊装

下封底混凝土等工艺确保了围堰精确插打，并采用围堰内外水压差的方式助力围堰拔除。这些经过优化的工艺，既管用又实用，有效地促进了施工精度，让CB05标段率先完成了首个承台墩身安装和首片组合梁建设的施工。

当标段内组合梁全部架设完毕后，难题又接踵而来——港珠澳大桥标志性建筑之一“双帆”的海上安装，让谭国顺费尽了心思。

港珠澳大桥CB05标段通航孔桥九洲航道桥主塔“双帆”，上塔柱高120米，而澳门机场航空限高122米，这意味着主塔安装不能采取常规的竖转施工法，必须找出一个几乎不用抬高就能完成施工的工艺。谭国顺带领团队进行头脑风暴，倾注了大量心血。在对方案反复优化后，最终形成了一次竖转方案。主塔安装前数周，谭国顺一直无法安心入睡，对竖转方案的诸多细节一再推敲，有一丁点儿不放心的地方，他夜里都要爬起来在笔记本上记下，以便第二天与技术人员进行讨论。这位老党员、老专家、老项目经理、老桥梁人，一辈子所秉承的工匠精神，深深地影响了身边的同事及参与施工的工人们。

在大家的共同努力下，两座主塔完成了精确安装，九洲航道桥两座主塔上塔柱在中国的南海上划出了两道美丽的弧线。

同甘共苦，是战友更是亲人

“开金啊！ 207号墩第二根今天能灌不？”

“我都准备得差不多了，要是天气好，下午开始没问题。”

“我这边风有点大，海上咋样？”

“海上也有点大，谭总，今天要是灌不了，明天无论如何我们也要想办法开始灌注。”

“中！今天元宵节，我一会儿吃了饭，去你那看看海上施工的同志们。”

……

2013年2月24日，农历正月十五，早上7时许，谭国顺在唐家营地院子里打电话了解了海上施工的情况。随后，迎着洒向珠海的第一缕霞光，谭国顺和常务副经理张立超以及工程技术部，健康、安全和环境管理部的同事们分乘两辆车沿着情侣路一路驰骋。8 时 15 分左右，一行人到达九洲港码头，戴好安全帽、穿好救生衣，乘坐交通船，驶向了 2 海里外的九洲航道桥 207 号主墩平台，开始了一天的忙碌。

忙碌、操心，这是谭国顺的常态。他从不是一个只坐在办公室下达指令的人，五年来，在困境与难题面前，在艰难的条件和环境面前，他都与团队成员共同进退、同甘共苦。营地、现场，两点一线，是谭国顺的日常活动轨迹。为了能在超级工程这个大舞台上始终保持领先一步，略胜一筹，谭国顺从不敢有半点松懈，他以身作则、身先士卒，让项目部从上到下都铆足了劲。

2013 年春节期间，恰逢施工的重要节点，谭国顺首先带头放弃了休假，与项目部主要领导干部一道，坚守在生产一线，全身心地与团队共奋战。在这种精神的鼓舞下，非通航孔桥下部结构施工工区将指挥部从珠海唐家营地迁往九州港码头，在没地、没房的条件下，370 多名员工全部住进了集装箱内。为了进一步加快速度，最大限度地发挥机械设备的功效，该工区主要职能负责人又将驻地全部搬到了海上施工的船舶上，吃住在生产一线，靠前指挥。一分耕耘，一分收获，此战顺利告捷！

在港珠澳大桥这一超级工程中，谭国顺对自己、对团队的要求近乎苛刻。但在生活中，他对队伍中的年轻人却甚为关心，为他们解决生活难题，给他们指明发展道路，温暖人心。而这样的严格和慈爱，或许正是源于这位老党员内心深处那份最真挚、最深沉的情感，是对人才培养的殷殷责任，更是对国家桥梁建设事业的赤诚之爱。

旗　帜

——记岛隧工程工区书记孙长树、邱云、李杰、唐三波、漫犟斌、王有祥

岛隧工程是港珠澳大桥工程的施工控制性工程，由沉管隧道、东西人工岛三大部分组成。其中，沉管隧道是目前世界上综合施工难度最大的沉管隧道之一。岛隧工程起于伶仃洋粤港分界线，穿越珠江口铜鼓航道、伶仃西航道，止于西人工岛结合部非通航孔桥西端，全长 7.441 公里。

岛隧工程项目的特点，除了超大型工程所普遍具有的规模大、工期紧、难度高、风险大等共性外，还具有社会关注度高、三地政府共建共管、采用设计施工总承包模式等特性，以及白海豚保护区、复杂的通航环境、工期及接口限制等限制条件。

岛隧工程项目部有 4000 多名员工，5 大工区，持续奋战了 7 年多的时间。岛隧工程项目部员工咬定青山不放松，在无数个愁眉不展、悬心不下的关键时刻，都能冲锋向前。

岛隧工程项目部 5 大工区的 6 位工地书记，与同事、工友们同呼吸、共命运，始终起着团队主心骨的作用，用共同的信念竖起了一面始终屹立不倒的旗帜。

我们是党员

“您觉得优秀共产党员最重要的品质是什么？”

“首先必须坚持党性原则。工程建设也要讲政治、讲大局。党员领导干部必须发挥先锋模范作用。党员，首先在工作上、技能上要领先，技能跟不上，没人服你。像我们岛隧工程项目，所有重要岗位上的技术骨干，包括搞材料的、搞技术的、搞设备的、搞安检的，都是党员。作为一名合格的党员，一是要把先进的技术力量吸收到团队中来；二是要发挥好引领带头作用，要处处领先；三是要在其他方面也做好，包括生活作风、与同事的关系等。总之，党员必须做到三个领先：技术能力领先、思想作风领先、道德素质领先。”

这就是孙长树的回答。

孙长树，岛隧工程第1工区（西人工岛）党支部书记，2001年入党，至今已有16年的党龄。

在来到港珠澳大桥工程项目之前，孙长树就在别的项目担任党支部书记。中交集团对党建工作抓得紧、要求严、标准高，将“支部建在连队上”，每个项目的一线团队都建有党支部，党支部书记不可或缺。孙长树在2014年7月23日12点多接到上级调令，25日就从天津项目赶赴珠海任职，“一个电话，马上到位”。

都知道西岛条件艰苦，孙长树到了施工现场才知道，现实条件比想象中的要艰苦得多。西岛虽然已经开工建设三年了，但是生活设施依然不够齐全，现场人员办公、住宿都在集装箱内，吃饭的时候只能站着。到了下雨的时候，简陋的集装箱无法阻挡大雨的侵袭，屋内非常潮湿，不仅地上黏湿，床上有时也像是被水浸了一样湿漉漉的。“西人工岛施工条件艰苦，党员干部更不能搞特殊，只有和职工群众打成一片，团队才会有凝聚力，党员的先锋模范作用才能得到更好的发挥。”孙长树说。为了了解工人们的思想状况，党支部成员分散在各个集装箱里，这就相当于每一个集装箱都有党员。经过一段时间与工人们同吃同住，相处下来，孙长树发现海上作业最艰难的其实不是生活条件，生活条件再艰苦大家都能咬牙坚持，最让他们痛苦的是，人人都有智能手机，但海上时常没有信号，几乎完全与世隔绝。尤其是在岛上工作的一线工人，有时无法与家人联系，这种煎熬才是让他们最难以忍受的。特别是夜色降临后，大家在孤岛上遥望对面仿佛近在咫尺、灯火辉煌的香港，越发感到寂寞。

作为党支部书记，这样的条件反而让孙长树找到了工作的抓手。他觉得是时候改善一下岛上的生活条件了。孙长树一边给大家做思想工作，排解思乡之苦，一边思索着如何解决这一难题。为了让工人们有一个舒适的生活环境，并且能够与家人常联系，孙长树东奔西走，终于在 2014 年底把改善住所、配置运动器材、安装电视网络等一件又一件造福西岛全体工人的事全部实现了。每逢节假日，孙长树就会带领工区党员精心地为一线作业人员送上文化“盛宴”：“国庆七天乐”“露天电影”“五一趣味运动会”“集体拔河”等活动不胜枚举。同时，他还为一线工人送去生活必需品，解决他们的“燃眉之急”。

“他们是工程建设的主要力量，只有保障了他们的生活，工程才能顺利开展。”孙长树说道。不仅如此，工区党支部每年还邀请珠海人民医院的专家为作业人员免费体检；邀请专家进行心理辅导；安排专业理发师到岛上义务理发；岛上常驻医生；等等。在党支部的倡议下，工区还为一线工人提供了“充电”场所——西岛课堂，对他们进行安全、技术、质量等理论知识培训；共同探讨施工难题，集思广益保工程质量。为此，工区获得了全国总工会颁发的“工人先锋号”和“集团先进基层党组织”等称号。

各种文体活动不仅让作业人员得到了放松，让他们体会到了“家”的温馨，还让他们有所进步，再苦再累都充满正能量，保持着极大的工作热情。

港珠澳大桥西人工岛镶嵌在伶仃洋中，距离驻地 20 多公里。船，是建设者们往来驻地与施工工地的唯一工具。“说到坐船，我们单位坐船最多的肯定

▲孙长树在西人工岛工地现场

是我，我排第一名。”孙长树开玩笑地说。一个礼拜7天，其他同事十几天下一次岛，而孙长树忙的时候几乎要天天来回跑。早上7点出发，晚上6点回驻地，见缝插针打个盹儿成了孙长树调节疲惫状态的一大法宝。“最受不了的就是晕船，海上一遇到风，船就摇晃得厉害，回到驻地刚好是晚饭时间，但是晚饭根本吃不下，”孙长树说，“很多时候，一上船就想趁机打个盹儿，但不行，一会儿一个电话，没法睡觉。最享受的就是海上没有信号的那一段航程，可以眯一会儿，那是非常舒服的。”

“人工岛建设属于外海施工作业，工期紧张的时候，节假日作业人员都要坚守在施工现场，只能天天与钢筋混凝土打交道了。”孙长树说。每个节假日，孙长树作为书记必须待在岛上，加上2017年，他已经连续3个春节都在岛上驻守了。“虽然是大年三十，但岛上还会有上百人在进行施工作业和设备维护，对于工程项目的安全和质量，思想上不能有一丝的松懈，不然很容易出事。而且，现在不像工程刚开始的时候，现在岛上有电视信号了，在搞竞赛和各种文娱活动的同时，能组织大家看春晚，也是宣传正能量嘛。”据孙长树统计，从2015年到2017年，自己每年休假不足20天，不足规定年休假的一半。

自2011年岛隧工程建设以来，施工作业一年比一年紧张，岛上施工和管内管理每一项都不轻松。党支部工作围绕着施工生产开展，在每一个重大节点都发挥了重要作用。就安全生产来说，他们专门组织了党员安全生产示范岗。安全生产首先从党员做起，党员必须是安全生产的模范，这样才能严格要求其他人。在工作创新、技术创新方面，工区在党支部的带领下，专门成立了一个党员创新工作室，成立了党员创新示范班组。孙长树说：“在隧道基础施工中，我们一个船上30多人，分成了四个小组，有搞机械的，有搞技术的，有搞测量的，有搞安全的，每个小组里面设立1名党员示范岗，几十号人开着船就去海上施工了，一干就是4年，1200多天。有时候待在船上施工，连续两个月都不下来，24小时守候着大海。在党组织的带领下，他们从设备研发、测量定位器研发，做了很多创新的工作。”据统计，依托“党员创新工作室”，他们开展了工艺技术研讨24次，技术创新23项，积极发挥了中心保障作用。6年多的施工建设期内，累计申报了国家专利80项，在国家科技核心期刊发表了技术论文19篇，提出了合理化建议60余项，优化了小型工艺近300例。

为更好地发挥党员的模范带头作用，每个季度，党支部都会结合党员的日常表现，开展“四有党员”的评议活动。该评议活动，坚持党员自评、群众打分、支委会评议的全方位考评办法，制作了“四有党员”“两学一做”百字感言展示栏，在营地及岛上张贴。同时，在岛上还创建了“党建活动室”，为党员及入党积极分子提供了交流学习的场所。

“中国共产党党徽”是党员的标志，是孙长树他们引以为傲的符号。全体岛隧工程项目的党员都是“亮身份”佩戴党徽上岗，其目的是时刻牢记党员的身份，接受职工群众的监督。

“我们是党员！党员就是示范，让每个共产党员佩戴党徽，用这种仪式去强化党员的先锋模范意识。作为党员，最主要的是责任，比如安全问题，党员包干，有的党员管这片儿，有的管那片儿，所以我们这个工程从 2010 年到现在已经有 7 年了，但基本上没出过安全问题，这就是因为全体党员从中发挥了很大的作用！”1 工区有党员 21 人，其中农民工党员 4 人，均来自协作单位。党支部的党建工作做得很细致，虽然农民工的流动性较大，但他们对每个农民工都做了细致的摸底，包括党员和入党积极分子的状况。为了动员农民工党员的积极性，也是保证每个党员都能过正常的组织生活，孙长树带领党支部吸纳全部农民工党员参加各类支部学习与活动。“为他们和企业党员一样佩戴党徽、分派任务，使他们的自豪感、责任感油然而生，这对于我们做好基层的工作帮助很大。”孙长树说。

▲孙长树组织一线党员宣誓

用心筑家

“我听不到飞机的声音。”

距离2工区东人工岛100多米的上空，每天有900多架飞机飞过，飞机噪声叠加上地震般的打桩施工噪声，很多人在这种环境下根本无法听清说话声。但2工区党支部书记邱云已听不见噪声，头顶上飞机飞过，他照样与人交谈。

邱云被调到港珠澳大桥2工区东人工岛工作是2014年9月。在此之前，东人工岛全体施工人员创造了“当年动工、当年成岛”的创举，创造了多项世界第一的纪录。在这成绩的背后，有着数不清的酸甜苦辣：东岛刚建成岛时，大家戏称施工现场为海上沙漠，除了头顶毒辣的太阳，深基坑的桑拿环境，能把人晒脱了皮；每天的噪声让施工人员根本无法入睡，更不用说定期到访的台风了；没有淡水，没有绿色植物，就连最基本的手机通信信号也没有，完全就是与世隔绝的孤岛。为了解决岛上施工人员上下班来回时间长、不便于管理的问题，2工区把施工船舶改造成了现场办公和住宿的场所，此后施工人员就在狭窄的集装箱里过着不断摇晃的船舶生活。施工队里流传着“一只小狗跳海”的故事：集装箱里养了一只小狗，与施工人员同吃同住。有一天，小狗突然掉海里了，大家都以为是意外落水。后来，小狗第二次落水时他们才发现，原来是小狗自己跳海的，它也受不了船上生活的寂寞和颠簸，宁愿选择跳海逃离。

在这样的环境中工作、生活几年，施工压力会逐渐增大，施工人员的心理很容易产生落差，思想波动很大。而且，在这个队伍中年轻职工占了大多数，有些干了一辈子工程的工人都选择了离开，宁愿到拿钱少的地方干。队伍稳定问题十分严峻。在这个时候，党支部发挥了重要的作用。党支部将所有力量都派了出去，通过开展座谈会、职工个别谈心等多种形式，充分了解了职工的情况，及时疏解了工人们的情绪，保证了党建工作与工程建设的无缝对接。“当时条件确实很艰苦，但是我们的施工人员还是都坚持下来了。”当时2工区的党支部书记说。

2013年，围绕着安全生产，2工区党支部制定了党员生产责任区制度，成立了由常务副经理刘海青为组长的活动领导小组，对支部18名党员及3名入党积极分子进行了安全责任区划分，明确了党员安全责任目标。同时，项目党支部通过支部大会，对党员进行了安全技能培训、安全主题教育，加强了党员的安全责任意识，提高了党员的安全管理水平，并开展了安全知识竞赛、事故应急演练等活动，以确保实现安全建设目标。在防暑降温工作中，项目党支部提出了“不让一名员工倒下”的口号，提前谋划了防暑降温工作。除了在施工现场设置休息棚，配备鼓风机、喷雾中央空调、藿香正气水，配送凉茶、绿豆汤，从上海专门采购盐汽水，从当地采购冰棍发放给作业人员等外，还制定了现场施工“15分钟”的休息制度，即在高温下，现场施工人员每半天集中固定休息15分钟。项目部党支部还专门安装了两个高音喇叭，每天两次定时播放音乐，强制要求现场人员休息，以缓解高温作业带来的疲劳或中暑引起的安

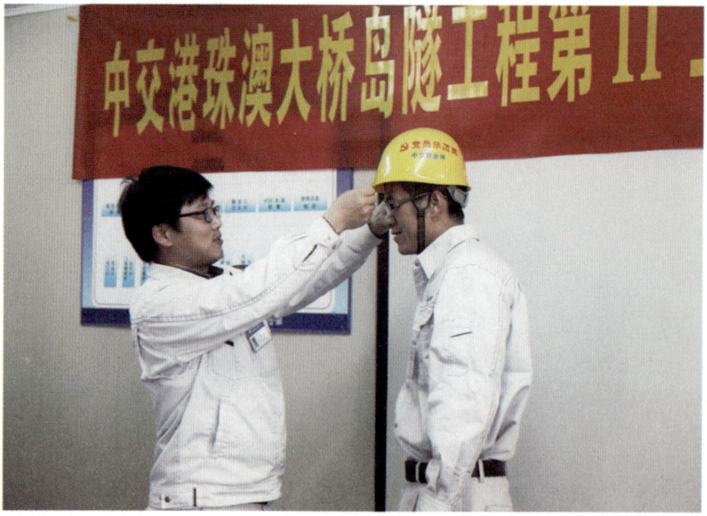

▲设立党员示范岗，发挥党员先锋模范作用

全隐患。

2014年9月，2工区党支部来了一个新书记，他就是邱云。

当时，远在上海总部机关的邱云，突然被上级领导告知自己将被派到基层工作。邱云以为会被派到境外或者偏远山区组织基层工作，万万没想到，自己会有机会参与到这一超级工程中来。但直到来到了珠海，来到了港珠澳大桥的施工现场，他才真切地感受到自己的的确确成了这项超级工程中的一员。怀着这种激动的心情，邱云踏上了这片土地，但激动过后随之而来的是一种深入海底的失落与忧虑，举目无亲感充斥着他的内心。初到人工岛的第一夜，邱云始终无法入眠，他一直在思考着一件事：在这样一个荒芜而又艰苦的小岛上，自己作为党支部书记如何开展工作，初来乍到的自己如何快速融入2工区这个大家庭，把东人工岛建成一个和谐互助的家？经过一夜的辗转反侧，邱云坚定了自己要把东人工岛建成一个亲如一家的大家庭的思想。第二天，他排除了一切杂念，开始积极地投入工作中。直到现在，邱云仍觉得自己是幸运的，他说："能参与到这项超级工程中来蛮幸运的，这是一个千载难逢的机会。我们承接的东人工岛，桥岛隧工程都有，后面又要做房建。我感觉，所有的项目都综合到一起了，对于一个从学校刚毕业踏入施工队伍的年轻人来说，这是一个很难得的锻炼机会，正因为挑战大才能使人快速成长。"

东人工岛施工前路漫漫，海上作业艰难，职工业余生活枯燥，党支部的工作该如何开展才能更好地发挥职工的积极性，凝聚职工的力量攻坚克难、保质保量地完成施工任务？邱云从自身的感受出发，由己及他，想到自己初上岛的举目无亲之感："我就换位思考，换作我是普通员工，我在孤岛上这么几年坚持下来，我的需求是什么？我有哪些感受？总的来说，其实就是对家的思念。所以，我考虑能不能把荒凉的孤岛变成一个有人情味的家。"沿着这条思路，邱云于2015年提出了"以人为本、建岛筑家"的理念，提倡把项目部打造成一个"五心合一"的职工之家。"五心"包括学习培训中心、民主管理中心、文化休闲中心、生活互助中心和工程服务中心。他结合工程需求与时代的特点，把 2 工区这个家分为五个方面来建设，与项目管理紧密结合，丰富家的功能和内涵，既能为工程建设保驾护航，又能为员工提供温暖的港湾。实现将党支部的政治核心、战斗堡垒、党员先锋模范、领导干部示范等作用转化为项目创造力、决策力、凝聚力、向心力、战斗力的管理效益。邱云说："党支部工作，不要去做那些太虚的东西，还是要从实地出发，脚踏实地。""脚踏实地"，简简单单的四个字，背后却隐含着邱云作为Ⅱ区党群工作领头人的压力与责任。

邱云把党群工作的活动与五个中心的活动融合在一起，由党支部组织各种活动来满足员工们的需要。比如要考一级建造师资格证书时，他就会在学习培训中心多组织一些培训活动，提供学习机会，并且搞技能比武以提高技术和一线施工人员的业务能力。技能比武的形式和实施步骤都是由党群工作部门的党员干部在总结以往经验的基础上进行创新设计，"我们对传统的技能比武形式进行了改造。跟以往的技能比武不一样的是，我们的技能比武是分等级的，比如说木工，经过考核，我们把他们的水平分为一级、二级、三级，分完等级之后，我们把工作内容再按照一级、二级、三级来划分。一级的人可以做一级、二级、三级的活，二级的人只能做二级、三级的活，三级的人只能做三级的活，这样可以确保他们的能力发挥到最大水平，并且对一线员工的技能实力也有了一个精确地掌握。在关键的岗位安排一级水平的工人来做，这样能够控制整个关键的工序和岗位，达到质量目标和质量要求。对于一些技术要求没那么高的岗位，安排水平低一点的工人来做，这样就达到了技能与工作内容相匹配，不浪费我们的人力资源。每个人都能发挥他的最大价值"。在技能比武定级之后，邱云发挥学习培中心的作用，不断对工人们进行培训，让三级的工人经过学习提高为二级，二级的工人通过理论和现场的培训升为一级。培训结束后上岗考查，合格升级，不合格降级，经过系统的管理，工人们的操作水平越来越高。

不过，仅仅提升农民工的技能水平，并不能解决农民工的所有问题。为了让农民工增强归属感，“必须把关怀植入农民工队伍中去”。邱云希望能在农民工队伍与党支部之间建立起紧密的联系。2015 年，邱云在 2 工区原来工会组织的基础上，成立了五个以农民工为主体的工会分会，并且开展了成立大会，颁发了工会分会牌匾。他把所有工人进行了登记，将其纳入工会系统，并且让五个工会分会自己推荐负责人，主要负责自己工会的后勤事务，如派发防暑降温的药品、节假日的慰问品等。工会组织的这种延伸作用，不仅把党组织的关怀送到了农民工队伍中去，而且还促进了文明工地的建立，这是 2 工区党群工作的一个意外收获。由于成立了工会分会，工人们成了主人翁，荣誉感、责任感都大大增强，他们不像以前那样事不关己高高挂起，开始关心起工地的建设，这大大降低了项目部工地管理的难度，加强了监督力度。邱云对此深有感触。

“港珠澳大桥是‘超级工程’，党建工作也要达到‘超级工程’的水平。我们的施工工地采用的是 6S 管理，这一管理方法本是在工厂里使用的，在东岛这种流动施工现场很难推行，我查了很多资料，想借鉴经验，但没有。”邱云说。没有经验可借鉴，就只能自己去做。对于文明工地这块工作，党支部要管，但光是一个“现场要没有烟头”的要求就很难达到。“可能一个受过高素质教育的人在这种流动施工现场都会随时扔烟头，何况民工呢”，邱云说，“堵不如疏。”为了减少烟头对施工现场的污染，邱云提倡每个工会都给工人们身上配一个小盒子，让大家吸完烟之后，主动把烟头放进小盒子里。原来项目部采取的是以教育、惩罚的方式来禁止乱扔烟头，但是效果不是很理想，自从采用了发放盒子这一措施，工地上的烟头明显减少了。在党支部书记邱云及党员先锋队的带领下，2 工区获得了 2015 年全国“AAA 级安全文明工地标准化工地”“全国建筑业绿色施工示范工程”等称号。

为了便于 2 工区全体党员学习、放松、交流，邱云在微信上创建了一个公众号:“2 工区党员之家”，这在岛隧工程五个工区中算是拔了头筹。之所以创办这个公众号，是因为邱云考虑到东人工岛的工人主要是 80 后、90 后，他们都是思想活跃的年轻人，需要用新的眼光去看待，需要用新的方式去引导。无论是党员，还是入党积极分子，如果还是通过传统的方式学习党内文件，那么，这种方式对这群年轻人来说既没有吸引力又枯燥乏味。邱云认为，必须用年轻人的方式交流才会有效果。公众号的申请、编辑、管理等都由他亲手完成，包括学习做视频、做动画、贴图片，他一点一滴地摸索，到最后成了微信达人。邱云说:“没办法，到了岗位上有好多东西要学，原来不会的都要学，现在信息发达，我们学习的渠道也多，需要什么就学什么。”有了“2 工区党员之家”，党内的学习文件、项目部的要求可以很快传达下去，工区的新鲜事也会及时发布出来。工人们在闲暇时间，都喜欢浏览公众号看看有什么新文件要学习，或是有什么新鲜事发生。邱云原本只是想便捷地传达党的学习文件，没想到公众号后来成了员工们内部交流的平台。

学无止境，时创时新。为了缓解工作压力，邱云与党支部成员绞尽脑汁，为工人们开展了各类文娱活动，包括趣味运动会、友谊篮球赛、青年员工联系会等。2015 年，为了加强对外宣传的力度，邱云先后组织拍摄了《舌尖上的东岛》《服务在孤岛》《中秋游园会》等短片，以反映项目部青年员工坚守孤岛、执着奉献的精神，充分展现了港珠澳大桥项目的风采。凭借着这些宣传短片，2 工区取得了三航局二公司年度宣传总分第一名的好成绩。这些活动的开展，凝聚了人心、鼓舞了士气，也使工人们在经过了短暂的休息、放松之后，以更大的积极性投入工程建设中去。

邱云说，关心工人就是要关心他们的生活，解决他们在工作和生活中遇到的困难，这也是党群工作的核心之一。

2016 年的一天，在岛上工作的几个年轻工人将要结婚，这些工人常年在岛上工作，工作压力大不说，关键是没有时间谈恋爱，能走进婚姻的殿堂很不容

▲邱云在东人工岛施工现场开展防暑降温慰问

易。作为党群工作的负责人，邱云很想为这些年轻的工人做点什么。后来，他想到了为这些年轻的工人举办一场别开生面的集体婚礼。邱云的想法一提出，就得到了大家的一致赞同。一是工友领导都能到场祝福；二是这几个年轻的工人不用请假回家办婚礼，不会耽误工程进度；三是为这些年轻的工人省去了很多婚礼的操心事，一举三得。邱云和支部其他成员一起，从活动策划到仪式操办，从为新人拍照到请新人父母来岛上，党群工作人员提供了全程服务。他说："当时就在我们这个大会议室、大报告厅里面举行的婚礼，非常温馨。这么多年来，我们是第一次来搞这种大型的集体婚礼，虽然人不多，只有 4 对，但是他们都很高兴。我们作为东岛的一分子，看着这样的喜事在东岛举行，真是打心眼里高兴。"

岛隧工程 3 工区的任务是沉管预制，分为两个工区，在党组织建构方面也就有了一分区和二分区两个党支部。

一分区党支部书记李杰，是岛隧项目总经理部的"优秀党建工作者"，也是中国海员工会的"建设功臣"；二分区党支部书记唐三波，自 2000 年 9 月加入四航局以来积极投身高速、国防、核电、跨海通道等工程项目建设中，从质检员、试验员成长为团支部书记、工会主席、党支部书记，17 年的时光将这位青年党员骨干打磨得越发成熟、越发坚韧。

旗手

“书记，带了什么好东西来呀？”“书记，叫食堂的师傅们把绿豆汤多熬点，这几天太恼火了。”李杰一到工地，大家就笑嘻嘻地和他开起了玩笑。

“没问题。”李杰和往常一样，一大早就带着防暑药品来到了模板区的工地。

牛头岛的 9 月是一年中最热的时节，工人们的心里就和外面白花花的阳光一样炽热。作为 3 工区一分区的支部书记，他不仅要做好后勤保障工作，抓好现场安全，还要给兄弟们降降火，拉拉刹车。李杰一边和大家说着话，一边把药品分发下去，然后仔细地巡视起来。安全措施到位了没有？大家的状态怎么样，有没有中暑的？现场的饮用水够不够？看到现场一切正常，李杰又径直来

▲在工地现场举办集体婚礼

到生活区，到工区的四个食堂挨个走了一圈，嘱咐厨师把饭菜做得清淡点，多准备一些消暑的食品。食品安全是大事，每一个食堂都会有一二百人就餐，因此必须保证饭菜绝对安全。回到办公室时已经是上午 9 点多。按照原来的工作计划，今天上午除了要到现场去看看外，还要准备找设备部的几个工友聊聊，了解一下大家对项目管理的看法和意见，有没有什么需要工区出面解决的难题。

这是李杰一上午的工作常态。

从 2011 年 8 月来到港珠澳大桥岛隧工程项目部，他每天都是这样在工地上忙忙碌碌。作为工区的“大管家”，后场要管好，前场也要抓，衣食住行、安全健康、班组建设、队伍稳定、文明施工、信息化建设等，都是他的分内之责；特别是当施工太忙的时候，很多员工很久都回不了家，队伍稳定就成了李杰的头等大事。李杰回忆说，在他们工区，有一个副经理叫刘经国。刘经理自从 2015 年下半年就在西岛工作，主要负责隧道内的施工。2016 年整整一年，他都没有回家一次。终于盼来了春节，可以回家了，但是刚刚到家里，就接到了工地的电话，说有一个试验需要马上进行，他必须立刻出发返回工地，他在家里只待了 10 多个小时就赶了回来。半年之后，今年的 6 月他终于又能回家了，然而到家后又接到通知说，有一个重要的检查需要他汇报情况，他又连夜赶回了工地。这次，他在家里停留的时间也只有一天多。这样的事情在工地上比比皆是。

如此辛苦，如此大的压力，李杰没有打过退堂鼓，他深信“党建也是生产力”。港珠澳大桥岛隧工程项目施工所在地交通闭塞，无论是漫长而湿热的夏季，还是狂风怒吼的冬季，时不时都会有台风裹挟着巨浪铺天盖地而来，也常常会出现浓雾笼罩伶仃洋的景象，复杂的气候环境让许多员工望而生畏。面对这种情况，李杰带领党支部和后勤工作人员，从改善员工的生活环境入手，尽全力为员工解决后顾之忧。李杰不仅为全体施工人员购置了统一的储物柜、衣帽挂、晾衣架、被褥、餐具，还为员工宿舍建了卫生间，安装了空调，连接了宽带，安装了闭路电视，以确保员工宿舍24小时都有热水供应。此外，工区也建设了高标准的食堂和洗衣房。为了缓解员工们在孤岛施工产生的寂寞感，李杰为工区增配了健身设施和台球、乒乓球、卡拉OK等娱乐设备，让员工们可以在结束一整天紧张而忙碌的工作之后，享受丰富的娱乐生活。考虑到施工地点夏季漫长的气候特征，加之施工场地距离医务室较远，李杰安排专人把藿香正气水、人丹、十滴水等日常防暑药品送到施工现场，发放给一线的施工人员。在盛夏季节，李杰还安排将下午的施工时间延后半个小时，尽量避开最热的时间段。为了保证有一个安全的施工环境，他还在各个施工场地设置了休息区域，放置纯净水以便让施工人员随时饮用。每到重要的传统节日，李杰都会给每个施工人员的家里寄去祝福贺卡，向他们表达诚挚的谢意。

“我们工区负责海底隧道16节超级沉管的预制，33节沉管的混凝土供应，沉管最终接头生产和浇筑，西人工岛非通航孔桥施工、隧道内预制小构件预制安装、沥青路面铺装、岛上建筑大斜板安装等工程，可以说是点多面广，涵盖

▲李杰在牛头岛施工现场

了三岛、隧道、海上，是所有工区中战线最长、施工点最多、施工内容也最多的工区。”李杰介绍说。

33节巨型沉管，每一节的体量都相当于一艘航空母舰。要生产高质量的沉管，每一道工序、每一个人员都要按照标准化运行。如何实现标准化？这曾是摆在项目管理人员面前的一个棘手问题。“应该走出去，学习其他企业是怎么推行标准化的。”李杰组织项目部的管理人员、作业队负责人、班组长等68人，分两批前往广东三和桩厂、文冲船厂、广汽丰田汽车公司进行参观学习。经过实地考察后，李杰意识到仅仅“走出去”是远远不够的，各个企业的特征不尽相同，“依葫芦画瓢”满足不了港珠澳大桥的建设要求。于是，他又聘请了国内知名管理专家来现场授课，根据沉管预制厂的实际情况，高起点、高规格地制订了标准化建设实施方案，形成了完善的标准化管理体系。该体系一经推行，各方面的优势就显现出来了。一道工序有什么具体的质量要求，需要怎么做，怎么检查，所有的员工都清清楚楚。大家也都养成了良好的习惯，不仅按照标准化生产，还按照标准化的方法管理生活，自觉地把各类生活垃圾进行分类存放和处理，将其对环境的影响降到了最小限度。

在港珠澳大桥沉管预制厂进行标准化建设之前，国内很多同行也曾展开过标准化预制厂管理的实践工作。通过资料查询和实地考察，李杰发现大多数标准化预制厂的建设都存在着一些不足：生产区的管理标准化了，生活区的管理没有标准化；有些工序的生产标准化了，有些工序的管理又没有标准化；有些经验并不适用于港珠澳大桥沉管预制厂的建设和管理。立足于港珠澳大桥预制厂自身的特殊性，李杰提出了建设沉管预制厂标准化的两点指导思想：一是必须培养工人良好的生活习惯。沉管预制厂的所在地是一座孤岛，在一个闭环的空间内，生活习惯肯定会影响到生产习惯。二是必须抓好每一个环节。沉管的体量更大，质量要求更高，任何一个细节的疏漏，都会对整个工程的质量造成致命一击。李杰组织项目领导班子、现场班组长和一线员工代表进行了深入讨论，大家群策群力，根据沉管预制厂的环境条件和沉管预制的特殊要求，制定了一套严格的标准化实施细则。这套细则以“事事有标准，人人讲标准，处处达标准”为目标，以“整理、整顿、清扫、清洁、素养、安全”6S管理为核心理念，全面推行标准化管理。全面的标准化管理取得了良好的效果，沉管预制厂的地面纤尘不染，原材料按照不同的类别有序摆放，标识标牌均清楚齐全，每个作业班组既各司其职，又协调配合。在沉管预制厂的厂房内，设备高效运转、工作人员全神贯注，夜以继日地预制着世界上最大的海底沉管。这套标准化管理方案也得到了港珠澳大桥管理局、项目总经理部和社会各界的高度认可和赞扬，被作为典型经验推广到了港珠澳大桥的各个施工现场。

业务工作精益求精，党建工作常抓不懈，这是李杰作为党支部书记工作的信条。随着沉管预制厂的投产，李杰深谙自己肩上的重任，他要通过党建工作建设一支素质过硬的队伍。

标准化系统培训，每天班前会教育，每周员工宿舍检查……在经过将近半年的努力之后，厂区的整体面貌和员工的精神状态都有了很大的改善，大家养

▲桂山牛头岛党建工作会议现场

成了良好的生活习惯和工作习惯，增强了质量意识，这为生产高质量的海底沉管奠定了坚实的基础。如何在五年多时间的工期内把这些良好的习惯保持下去？在沉管生产步入正轨之后，工区党支部组织了“牛头岛职工讲坛”“党员示范岗”“农民工夜校”“今天我是安全员”“技能比武”等多项专题活动；开展了党员示范岗、党员创先争优教育，组织党员干部开展了顶推梁滑移模块改进、小构件混凝土配合比试验、最终接头技术研究等技术攻关活动，充分发挥了党员的带头作用，体现了共产党员的先进性，集合众人智慧攻克难关。正是这样坚持不懈的努力，让员工们形成了“每一天都是第一天”“每一次都是第一次”的工作理念，把良好的生活习惯和工作习惯转化成了自觉、自然的行为，引导大家认真做好每一件事情。

对于李杰来说，牛头岛的日子并不是一帆风顺的，总有一些困难，给他和同事们留下了最为深刻的记忆。李杰说：“我们总共制造了 33 节沉管，每一节沉管对于我们来说都再熟悉不过了。然而，如果说哪节沉管给我们的印象最为深刻，那么必然要数 E15 节沉管了。”

2014 年 11 月 15 日，E15 节沉管出坞安装。可是，就在沉管已经浮运到安装区域，所有的准备工作都已就绪的时候，潜水员再次下水检查后发现，E15 节沉管基床中间出现了一层以前没有出现过的、来历不明的突然回淤，淤积层平均厚度达 4 厘米，这让安装工作无法进行下去，E15 节沉管只好被回撤到桂山岛。施工人员经过几个月的连续奋战，终于查清了突淤原因，重新铺设了碎石基床，再次做好了安装准备。然而，基槽边坡回淤堆积物的塌落，再一次损坏了 E15 节沉管的基床。这一次的淤泥总量达到了 2000 立方米，最厚的地方深度达到了 60 厘米，E15 节沉管成功安装的希望再一次破灭，再次征战伶仃洋的 E15 节沉管只能铩羽而归，准备工作也得从零开始。E15 节沉管的两次回拖不仅考验着前方的安装人员，也让沉管制造厂中的员工心急如焚，因为沉管的制造和安装实施的是流水作业，生产完成之后就需要进行浮运和安装，管节安装成功了，沉管制造厂的生产工作才能继续下去。沉管安装一再宣告暂缓，这预示着沉管制造厂的工人们要被迫停工。什么时候复工，对于所有人来说都是一个未知数，这不免让沉管预制厂的工人人心惶惶。

李杰深知："这里的近千名员工，都是我们多年培养的、对工作特别认真的熟练工人。"为了避免因为停工造成的人心浮动、工人流失，工区党支部向项目总部立下了军令状——保证不流失一名骨干工人。可是怎样才能让工人兄弟们安安心心地留在荒岛上，等待复工日期的到来呢？李杰和党支部成员对工人一一进行了走访、慰问，了解他们的思想动态，告诉他们不要着急，眼前的困难一定会被战胜，让员工们感受到了党支部的关怀，坚定了他们留在工地工作的信念。现在，每每谈及那时的情景，李杰都深有感触。

虽然暂时停工了，但是工人们的技术不能生疏。为了让工人们时刻保持在"战斗状态"，随时可以投入复工生产中去，李杰还在工区组织起了劳动竞赛、

▲开展书记担任管理者代表活动

技能比武、安全培训等活动。“停工期间，近千名建设者都没闲下来，甚至比正常施工生产更为忙碌，每天的训练日程都被安排得满满的。”从 2015 年春节前夕到 2016 年 3 月，整整 156 天的时间，正是在李杰和工区党支部的关怀下，沉管预制厂的工人们挨过了最为艰难的停工时间，不断通过丰富的活动提升自己的技能。最终，工人们不仅战胜了时间的煎熬，也战胜了自己，更加斗志昂扬地投入生产工作中。

孤岛铁人

2011 年 7 月，在四航局南沙项目工作的唐三波接到公司的电话后就立马奔赴另一个战场，来到了一个正在建设世界级工厂的孤岛——牛头岛。这里是岛隧工程沉管预制工程的生产基地。

将沉管预制工厂设在距离施工海域 7 海里的珠海桂山岛以北的牛头岛，是岛隧工程项目总经理部经过认真考察、深思熟虑后做出的决定。唐三波到达牛头岛的时候，这里还是一座无人居住的荒岛，没水、没电、无路、无通信信号覆盖，根本不具备居住条件。环境虽然恶劣，却挡不住建设者们的热情。

沉管预制厂最初的建设工作是由 3 工区二分区来负责的，作为 3 工区二分区的党支部书记，唐三波在接到调单的同时也接下了“军令状”：唐三波所在的 3 工区二分区不仅要在 2011 年 9 月 28 日前完成岛隧工程施工总营地的建设，还要在短短的 14 个月的时间内完成 56 万平方米超级工厂的建设，并且做好入驻和沉管预制生产的充足准备。时间紧、任务重，在接到调单以后，唐三波甚至来不及回一次家，就参与到了港珠澳大桥这一世纪性工程的建设中。

来到牛头岛之后，唐三波和时任 3 工区二分区常务副经理梁杰忠首先组建好了项目的领导班子，划分好了岗位职责，施工正式拉开了帷幕。在项目开始之后，工程就一直处于赶工的状态，唐三波日夜奔走于牛头岛和总营地之间，既要坚守工地现场，还要参加各种会议。此外，为了能及时地了解工程的进展情况，他每天都要深入施工现场进行检查，忙到晚上十一二点是常态。而牛头岛恶劣的环境也考验着他和所有参建人员的意志："营区建在一片刚刚填起来的滩涂地上，一遇到下雨天，就要深一脚浅一脚踩着泥泞走。"孤岛的荒凉环境和赶工的巨大压力没有让他逃避、畏惧，他用坚韧不拔的意志带领 3 工区二分区的员工们按时完成了沉管预制厂的建设。

牛头岛上的沉管预制厂不仅是生产沉管的标准化工厂，还是暂时存放沉管的仓库。沉管存放的具体位置是深坞，深坞的一个重要组成部分是坞门，它是目前国内最大的坞门，重达一万三千吨，能抵御超强台风的侵袭，能够对沉管起到最大限度的保护作用。不过，要发挥好深坞对沉管的保护作用，必须保证沉管可以顺利地进出深坞。可是，沉管预制厂深坞坞门的水下有大量的礁石，想要让沉管顺利进出深坞，必须对礁石进行爆破开挖作业，而这项作业需要使用大量的炸药。但是，当时的珠海却找不到一个可以向海岛运输炸药的码头。如何找到码头，将炸药运输到位，从而完成深坞口的炸礁作业，这一重担落在了唐三波的肩上。为了完成这项任务，有将近半年的时间，唐三波一直奔走在当地公安部门、港口管理局、海事局、大桥办、爆破公司、珠海地方政府等十几个单位之间，经过层层申请和协调，在多个部门的配合及支援下，最终确定将港珠澳大桥总营地 1# 码头作为临时运送炸药的码头。在完成了深坞坞门水下礁石的爆破开挖作业之后，沉管终于能够畅通无阻地进出深坞，最大限度上减小了台风对沉管的损害，为沉管的安全提供了保障。

作为支部书记，除了业务工作外，唐三波还要花很大的心思来琢磨如何在这样一个四面临海的孤岛上开展党建工作。

党的十八大以来，党内政治生活不断丰富，党的引领作用不断增强。党建活动是凝心聚力的媒介，要实现"为世界级跨海通道提供优质产品"的目标，党建工作一定要充分融入施工一线的管理和技术工作中去。

作为二分区的党支部书记，唐三波总是能够根据不同时期党政工作的不

▲唐三波在桂山牛头岛主持召开党员会议

同主题，选择恰当的时机，组织党员和职工开展丰富多样、特色突出的党建活动，如创先争优、党的群众路线教育实践活动、道德讲堂、“三严三实”、培育“四心”、反“四风”“两学一做”“党员安全质量监督责任区”等。这些活动的开展，帮助党员全方位、多角度地提高了思想觉悟和认识，也正是这些活动，发挥了沟通思想和凝聚人心的媒介作用，进而有效地激发了员工们的积极性和创造性。在开展多样性的党建活动的同时，唐三波强抓宣传和企业文化建设工作，项目工作理念清晰，内涵丰富，充分融入施工一线。这些工作包括安全管理要“每天进步一点点”、设备管理要“一尘不染”、质量管理要问题“不二过、可追溯”、工作状态要“事在心上、心在事上”等，为经营生产起到了良好的促进作用；形成了 20 多万字的纪念书籍，还拍摄了多部微电影。

为了进一步增强工区全体党员的党性，唐三波还在工地上策划、筹建了党建活动室，仅仅花费两天的时间，就建设起来了党员活动阵地。虽然这里的空间不大，设施却十分齐备，包括会议区、荣誉墙、宣传栏、书柜、书报角等。自从有了这间党建活动室，这里就成了党员和职工们的家园，也成为加强党员教育建设、提高党员素质，进而提升党员凝聚力和战斗力的前沿阵地。同时，党建活动室也为党员和员工们进行交流和沟通提供了平台。

作为中国交建党务工作者标兵、广东省直和四航局优秀党务工作者、岛隧总经理部建设功臣、广东省海员系统金锚奖等诸多荣誉的获得者，唐三波认为，工区书记不仅要做实基层党建工作，还要扮演好员工们的“心理咨询师”角色，和员工们近距离、推心置腹地沟通交流很重要。所以，党建工作不能只通过党建活动来展开，或者只在党员活动室里进行，而是要贴近员工，去了解他们的所思所想。因此，唐三波一有闲暇时间，就到工人们的宿舍去，和工人们进行面对面的交流。当他了解到班组队伍中许多工人长期脱离党组织、缺乏党组织生活时，他主动与队伍的负责人展开沟通和协商，将工人中间的党员同

▲唐三波在牛头岛钢筋加工车间与工人交流

志组织起来，成立了协作队伍临时党支部，并设立了临时党支部书记，让处于“游离”状态的党员同志找到了“归属”，切实感受到了党组织这个大家庭的关怀和温暖。每当新员工加入岛隧这个大家庭时，唐三波都会组织这些“工程新兵”到队伍食堂去与工人们一起用餐，在用餐过程中与施工人员交流谈心，在体验工人们生活的同时也实地了解工人们的所求、所需。唐三波说：“如果不知道工人的生活状况和需求，要想更好地管理他们无从谈起。这也是一个换位思考的过程。”

孤岛工作，不仅要承受生活的单调，工作和学习的矛盾也非常突出。在唐三波的组织下，工区打造了牛头岛讲坛、农民工学校和职工夜校三大培训平台，累计开展培训课程 1000 余讲，培训人数达 30000 多人次，不仅为企业、行业、社会，也为国家，培养了一批懂管理、有技术、讲文化的新时期的产业建设者，这批新时期的产业建设者们将持续为国家建设作贡献，是宝贵的财富。国务院国资委党委书记张毅在调研时评价道：“岛隧工程的建设者们展现出了新时代的‘铁人’精神和中国工人阶级的良好形象。”

四航局二公司总经理梁杰忠说：“在岛隧这个环境艰苦、工期超长的项目中，技术和管理上的问题我们基本都能顺畅处理，唯独人的状态是最大的挑战；为营造一个始终积极向上、严谨认真的团队，唐书记在这方面起了很大的作用。”

“身为党支部书记，自己也必须不断强化提升，才能跟上时代的步伐。”唐三波一直以党员应当紧跟时代步伐，以身作则来要求自己。在这一信条的引领下，为了丰富自身的理论修养，提高自己的职业技能水平，唐三波还考取了中央党校的在职研究生，继续深造。

唐三波在 2014 年 9 月中秋前写下了《桥缘》：

盘古开天万世名，沉管入海惊伶仃。

▲唐三波在沉管混凝土浇筑前与班组长交流安全及保障工作

人生何为心依旧，桥缘不改誓功成。

诸君妙笔绘彩卷，华夏神州更蓝天。

千古流芳后人事，吾辈争锋在今朝。

诗情澎湃，斗志昂扬。一晃眼，7 年过去了，在项目部和唐三波带领的党支部的努力下，工区被授予了“全国工人先锋号”“广东省先进基层党组织”“中央企业青年文明号”“广东青年五四奖章”等 100 多项集体荣誉和“全国五一劳动奖章”等 200 余项个人荣誉。唐三波说：“能参与世纪工程的建设，是我一生的荣耀，能和岛隧工程相伴成长，我心怀感恩。”

初到港珠澳大桥工程项目部时，唐三波的孩子才两岁。用他的话讲，小孩正处于需要抱着哄、牵着走的年龄。“一转眼，小孩已经读小学了，陪伴他的日子非常少。”唐三波说，“我老婆问小孩想要一个怎样的爸爸，小孩回答说，想要一个天天回家的爸爸和一个不打屁股的爸爸。听到这话，我觉得很愧疚。感谢家人对我的支持！”

标 杆

“树立咬定青山不放松的政治立场，发扬千磨万击还坚劲的拼搏精神，保持任尔东西南北风的清廉心态。”这句话，是漫犟斌关于“两学一做”学习教育的感悟，而他也正在用实际行动，诠释着这句话的内涵。

漫犟斌，岛隧工程第 4 工区党总支书记，一个“螺丝钉”型的人才，组织把他“拧”在哪里，他就会在哪里闪闪发光。

第 4 工区主要负责沉管隧道的疏浚工程。港珠澳大桥沉管隧道的施工难度、质量要求和检测方式均属国内疏浚行业的最高水平，在世界范围内也毫无成熟经验可以借鉴。用漫犟斌的话说：“我们是拿着重达 100 吨的抓斗在海底干以厘米计算误差的活，是‘海底绣花’！这好比在六七级大风下，让一个干惯了重活儿的粗汉，在黑灯瞎火中拿着 1 斤重的粗针，在一块巴掌大的布上绣出各种精致的花草虫鱼，且不能出现任何闪失！”在海底做如此精度高、误差小的活儿，施工环境还如此复杂，施工窗口期少，对项目参建者们来说是一次技术上、心理上、身体上的巨大挑战。精雕细琢、海底绣花，除了先进的设备、精湛的技术，还需要精明强干的领导班子和团队协作。

船舶是 4 工区施工的主要设备，是施工人员工作和生活的地方，也是工区党总支的组成部分。自从踏上珠海这片沃土，漫犟斌就和现场紧张、繁忙的施工船舶结下了不解之缘，从耙吸船到抓斗船，从拖轮到锚艇，漫犟斌以踏实认真的工作作风，热情洒脱的人格力量赢得了广大船员和项目同事们的赞赏和认可。针对 4 工区承担的工程所具有的“非常规疏浚”的特性，漫犟斌以一个共产党员的党性修养和真挚、质朴的情愫把国家、企业的大政方针深入浅出地寓于项目施工生产和员工个人生活的实际当中，紧紧围绕党内的主题教育活动，以确保工程施工安全、优质、高效为落脚点，持续、深入地开展以“明确党员责任，活跃基层组织”为主题的实践活动。在他的组织领导下，工区的党建工作、员工思想政治工作和宣传教育工作做得有声有色。

设身处地暖人心。每一条船都是一个党支部，每一条船上都有专职的党支部书记。漫犟斌深知，船舶施工人员基本上是干三个月休息一个月，在茫茫外海的一小片天地里干活，他们的心理压力可想而知，心理疏导和思想统一方面的工作显得更加重要。“人一旦在一个封闭的环境里，重复同样的事情，接触同样的人，他的思想是很容易走向极端的，这个时候我们党的政治思想优势就体现出来了。通过思想教育，组织文化活动、党建主题活动，发挥党支部与工会的作用，用一些激励的方法、方式，来缓解他们的心理压力，满足正常的心理需求，带好这支队伍，这是咱们船舶党支部必须做到的。”漫犟斌说。

在船上看见新进员工缺乏实践经验和适应能力，漫犟斌一方面耐心地做师傅们的工作，恳请师傅们耐心、细致地传授经验；另一方面细致地做徒弟们的工作，要求他们虚心请教，克服困难，并用自己的亲身感受和经历，对他们启迪疏导，使他们尽快适应施工船舶的工作与生活环境。

众人拾柴火焰高，施工生产越繁忙，党建工作就越要加强。在建设期间，漫犟斌不仅定期组织党员和青年职工进行政治理论学习，而且还将“精雕细琢、海底绣花”的理念深深地植入每个施工人员的心中，更是通过“1+1 > 2”的创新攻关来做到不出纰漏。同时，他将协作单位的员工们也纳入了管理范围，在工作上严格管理，上班期间统一着装；在生活上热情服务，做好食堂、浴室、住宿等后勤保障工作，让工人和管理人员在生活条件上保持一致，让大家体会到了项目部的温暖，增强了企业荣誉感和归属感。

努力打造学习型党组织。在管理与服务工作中，漫犟斌一直严谨求实，任劳任怨，用辛勤和汗水谱写了一首对党忠诚的奋斗之歌。他认真负责，具有较强的组织、协调和管理能力，使很多问题“早发现、早处理”。面对现场复杂多变的工作，他总能安排得非常妥帖，让船长和船员们满意。为了激发员工们的潜力，增强凝聚力，解决经验不足的难题，漫犟斌开展了内部学习、培训活

▲岛隧工程第4工区党总支书记漫犟斌

动。他组织了一批施工经验丰富的老船长，以施工生产为中心，或讲授自己擅长的施工方法，或解析施工技术，使学员们取得了很好的学习效果。6 年多来，这种学习活动已融入每位员工的日常工作中，勤学善思蔚然成风。

漫犟斌常说：“我们是一支以青年人居多的队伍，年轻人有活力，好学上进，可塑性强。我们要多培养他们，让他们构造起更全面的知识框架，促使他们进行专业知识的深度挖掘、全面梳理。我们要铸造一支有共同理想、政治素质过硬、战斗力强的队伍。”为此，他迅速组建了一支党员突击队，把船舶的核心党员和项目部的技术党员整合起来，成为“精华突击队”，联合攻关，从方案到评审，到施工，到实验……和项目生产完全契合在一起。就这样，他们昼夜拼搏、风雨兼程，攻克了一个又一个的难题，填补了我国在特殊条件下超常规深度疏浚施工的空白，让大桥基槽开挖完全达到了“不得出现浅点且超深严格控制在 0—0.5 米范围”的施工精度；在安全质量工作中争当标兵，确保了健康、安全和环保管理工作全面可控，圆满实现了“零伤害、零污染、零事故”的管理目标，有力地带动大家把工程不断向前推进。

一个项目一个家。有句话漫犟斌常挂在嘴边："让兄弟们高兴满意，再苦再累也都值得。"除了工作，漫犟斌还努力为大家营造良好的生活环境，像对待自己的亲兄弟一样对待身边的员工。

和许多施工单位的工程人一样，4 工区大多数员工都不是本地人，大家远离父母、妻子、儿女，路途或远或近，过着所谓的"双城"生活。为了全力营造和谐团结的文化氛围，带领项目团队始终保持着饱满的精神状态，漫犟斌积极策划，努力开展好项目文化活动，做到了平时有运动，节日有活动。工作结束后，漫犟斌总会邀请工人弟兄们到篮球场上"挥洒汗水"，以此来舒缓一天的疲惫；每年中秋节前夕，他也会组织工区为每一位员工拍摄工作写真照，并做成节日贺卡邮寄给每位员工的家属；同时，他还根据施工进展组织"红歌会"与"红色之旅"，举办摄影与征文比赛，编制项目画册等系列文化活动。漫犟斌对一线施工船舶的船员生活也很关心，每周再忙也要抽出身去现场各施工船舶走一圈，同一线员工"唠家常"，了解他们这一周的工作、生活情况。为了让船上的工人兄弟们营养跟得上，他主动和各船的大师傅们沟通，组织大家开伙管会，希望大师傅们能够增加花样，不断改善伙食。他还经常到工人们的宿舍嘘寒问暖，提醒年轻的同事要好好休息，少熬夜，保持充沛精力。"漫书记，待人诚恳，为人和气，每次我从船上下来休假，路过项目总营地时，他都热情招待我去他办公室坐一坐，喝会儿茶，聊聊天。"谈到漫书记，一条施工船舶的老船长如是说。

一切都在紧张而有序地进行着，但是，E15 节沉管安装产生的周折，再一次向漫犟斌和他的同事们提出了挑战。

2014 年 11 月 15 日，E15 节沉管首次"征战"伶仃洋，然而就在沉管抵达安装区域，已经做好各项安装准备工作的时候，潜水员在下水检查之后报告说，管节基床中间出现了一股从未出现过、来历不明的超强回淤，平均厚度达到 4 厘米，潜水员用手根本无法拨开。"基础不牢，地动山摇！"经过多方商

▲慰问过年期间留守现场的船员

议，项目指挥部最终决定，必须将 E15 节沉管拖回桂山沉管预制厂。

基床突淤，这就意味着之前所有的心血付诸东流，一切都要从头再来，而且面临的形势比之前更加严峻，在基床上吸碎石、清淤泥，这在之前的施工中是从未遇到过的。这时候，项目员工及船员们的身心压力非常大，“军心”极易产生波动。如何才能让工区及船舶人员克服连续高强度作业下产生的身心疲态，全身心地投入基床突淤及边坡坍塌处理施工中去，这是摆在漫犟斌面前的一大难题。

但漫犟斌心里笃定：没有过不去的坎，只有转不过去的弯。针对工区及船舶人员士气低下的情况，漫犟斌加强思想引领，通过座谈会、话家常、下船走访及慰问等方式，与项目及船舶人员宣贯积极的工作理念，通报岛隧总项目部的最新施工动态；强化岸基联动，推行“快乐工作、健康生活”的理念，趁各船舶买菜的机会，与各船舶开展了篮球、羽毛球等运动，让工区及船舶员工有效缓解了身心压力。工区测量及工程人员白天要前往施工现场测量及布置施工方案，晚上还要回营地处理数据及编制施工方案，乘坐交通船往返于营地和施工现场约 4 个小时。漫犟斌不忍心看到测量及工程人员如此辛苦地“折腾”，便向兄弟单位工区求助，在施工现场寻求适合测量及工程人员工作及休息的场所。终于，在漫犟斌的大力协调下，在西人工岛上找到了一间办公兼生活的集装箱房子，在确定了岛上住宿的地点后，漫犟斌又给测量及工程人员配备了必需的生活用品，免除了他们的后顾之忧，从而安心工作。每周下船后，漫犟斌都会到西人工岛的“临时办公地点”去看看那些稚嫩的工人小伙子们，给他们带些水果、零食，倾听他们的需求，因为在漫犟斌的眼里，这帮稚嫩的小伙子宛如亲人一般。

经过 4 工区全体人员的共同努力，管节基槽中的淤泥终于被清除干净了。当 4 工区全体人员长出一口气，以为接下来 E15 节沉管的安装会顺利进行时，让他们没有想到的是，更大的困难还在后面等着他们。

2015 年大年初六，E15 沉管再次出发，准备沉放安装。正当一切有条不紊地进行时，一个突如其来的消息让安装计划不得不再次中止：多波束测深系统在对海底基床进行扫测时，发现基床东北部有大面积的堆积物，总量达 2000 方，最厚处达到了 60 厘米。这些淤泥从何而来？原来，由于沉管隧道的形状呈“锅底形”，在 4 工区的施工人员把 E15 管节基槽中的淤泥清除之后，基槽边坡的回淤堆积物陷落了下来，又形成了体积巨大的淤泥，使将近三分之一的基槽受到了损坏。淤泥堆积进而造成基槽受损的现实让 E15 节沉管的安装再一次搁浅，E15 节沉管只好再一次被拖回沉管预制厂。

E15 节沉管两次都因为淤泥堆积而安装失败，这让漫犟斌和他的同事们压力骤增，这些压力有经济损失的压力、耽误工期的压力、沉管无处放置的压力、社会的压力、媒体的压力、自身的压力……而预制厂工区也是心急如焚，两千名工人无事可做，停工等待。一层又一层的压力让漫犟斌有点喘不过气来。可是，作为党总支书记，漫犟斌知道这个时候必须顶住，项目经理、党总支书记必须迎难而上，才能让参建人员把心安定下来。于是，漫犟斌配合项目部组织工人参加培训、开展活动，让工人们在施工的空当期提升自己、提振士气，为再次加入战斗而做足准备。

终于，功夫不负有心人，一个月之后的 3 月 24 日，经过 26 个小时的奋战，浮运、系泊、数轮沉放、观测、调整的准备工作均已就绪，E15 节沉管终于缓缓地沉入了 40 多米的深海中，和已经完成安装的 E14 节沉管实现了完美对接。截止到这一天，4 工区的全体参建人员已经为 E15 节沉管的安装苦苦奋战了 156 天。事后，漫犟斌回忆说，这是他在船上度过的最难忘的一个春节。

自从加入港珠澳大桥工程项目中以来，漫犟斌就很少回家过年了。

每逢佳节倍思亲，常年工作在船上的漫犟斌更能体会到这种心情。从 2011 年 2 月加入港珠澳大桥施工队伍，一直到 2017 年 5 月，这期间任何一个国家法定节假日，漫犟斌都没有离开过自己的岗位。他说，一是不放心，二是不忍心。不放心把手头的工作暂时搁下，不忍心把一起拼搏的兄弟们留在船上过年。所以，即便是春节，漫犟斌也会选择在船上度过。可是，谁又能抑制住对家人的思念呢？为了实现一家人的团圆梦，漫犟斌想出了一个办法：把自己的妻子和孩子接到工地上过年。就这样，船成了他们一家人团聚的临时的家。转眼间，六个春节过去了，在这六年里，每一年妻子和孩子都来船上和他相聚，现在，就连漫犟斌 8 岁的孩子也对他的工作区十分熟悉了。

在和家人团聚的同时，漫犟斌也没有忘记海上的船员兄弟们，每年大年初一，都要去看望他们，这早已成为习惯。2014 年春节，由于人工岛正处于施工阶段，船员们只在大年三十下午放假，大年初一就要开始工作。漫犟斌对船员兄弟们的辛苦感同身受，初一一早就乘船到在外海取沙的船只上看望他们。从漫犟斌的办公地点到外海施工船上，往返一趟需要整整 12 个小时。他上午九点钟出发前往在外海作业的船只，但由于有领导来视察工作，需要返回接待，因此他在外海施工船上停留的时间只有十几分钟。在这短短的十几分钟里，他和施工的工人兄弟们见面、喝茶，给他们拜年，鼓励他们踏实做好自己的工作，然后就匆匆忙忙返回自己的办公室，而等到漫犟斌到达办公室时已经是接近年初二的凌晨了。“连续六年，春节都是这么过的。”漫犟斌说。

如歌的岁月在年复一年中流淌，恒久不变的是他对工作的热爱和事业的执着。漫犟斌工作十余年来，深深扎根在基层党组织的沃土，心系项目，关心每一位员工，他就是这支队伍的标杆。由于贡献突出，漫犟斌先后获得了中交港珠澳大桥岛隧工程“优秀党务工作者”、广航局“优秀党务工作者”和广东省“优秀共青团干部”等荣誉称号，并于2012年7月作为唯一的基层党组织负责人在中国交建“创先争优经验交流会”上进行了典型经验交流。

主心骨

2017年7月7日，历经七载寒暑，世界上技术难度最高的沉管隧道——港珠澳大桥沉管隧道顺利贯通。这是一个激动人心的时刻，对于港珠澳大桥岛隧工程第5工区的建设者们来说更是如此。这33节沉管是他们的心血，从第一节沉管浮运安装到最后贯通，他们为此在伶仃洋上奋斗了两千多个日日夜夜。

作为岛隧工程第5工区党总支书记的王有祥，此时才觉得肩上的担子轻了很多。担任5工区党总支书记三年多，他在工地上来回奔波了三年多，走过的里程超过了1万公里。功夫不负有心人，从某种意义上来说，港珠澳大桥沉管隧道的全线贯通仪式就是给设计、制造和安装沉管的一线建设者们的颁奖典礼。

工地是个人成长的最好环境。5工区党总支书记王有祥是个80后，2014年被任命为5工区党总支书记。在此之前，他一直在办公室做行政工作。2011年，一航局在组建沉管安装团队时，把王有祥调到了珠海。对于从小在北方长大的王有祥来说，刚到珠海，最大的考验不是工作，而是珠海潮湿、闷热的天气。项目部初创时期，总营地还没有建立起来，项目部只能在居民小区里租住民居办公，十几个初创人员分散居住在一个超大的小区里，从一个办公室到另一个办公室常常要横穿大半个小区。王有祥和他的同事们刚来珠海的时候，正好是8月珠海最热的时候，太阳炽烈的程度和潮湿、酷热的空气超出了王有祥的想象。作为一个地地道道的北方人，王有祥很难适应这样的气候。但是，受不了也得受，项目部虽然在小区办公，但团队建设还在磨合期，要求很严，大家也都自觉按时开始工作。每天早上八九点，项目部的成员们就得拿着当天的工作计划从小区的这头走到小区的那头，在办公室讨论一上午。王有祥回忆那时候的情景依然历历在目：“早上顶着大太阳去，中午11点左右跟领导汇报完毕后，再顶着大太阳回来。那太阳真毒，北方人刚来南方，真受不了。但是每天还得来回跑，项目部的工作节奏非常快，往往是上午讨论方案，中午回来就得马上落实，下午一上班，就要去给领导汇报工作落实的情况。晚饭之后，再加班写总结。每天如此，虽然辛苦，但很锻炼人，对于年轻人来说，这样的环境能够帮助我们成长。”

▲王有祥在桂山牛头岛工地

初创时期，沉管隧道的安装工程还没有开始，不过，未雨绸缪是5工区党总支的优良作风。项目部成立之初，王有祥和他的同事们立马全身心地投入建章立制的工作中。正所谓没有规矩不成方圆，高技术含量的工程建设尤其如此。更为重要的是，因为港珠澳大桥的设计施工标准在国内外首屈一指，所以，在制度设计方面，基本上无法借鉴国内其他项目的经验，必须在自己广泛调查和深入研究的基础上，按照大桥工程的设计要求制定工区自己的规章制度和施工技术规范。王有祥和他的同事们从点滴出发，一字一句地斟酌，反复研讨，从技术规范到管理制度，从无到有，编制了一整套系统的公司规章制度，这为后来的沉管浮运、安装工程的顺利推进打下了坚实的制度基础。

培育大国工匠。5 工区有一个名人，叫管延安，按照习惯的说法，他是一个农民工。但这个农民工并不简单，他有一个称号：中国“深海钳工”第一人，中央电视台《大国工匠》节目首批报道的人物，这也是 5 工区党总支引以为豪的一件事，因为管延安的成长与党总支的培养息息相关，现在他已经是党支部重点培养的对象。

作为沉管安装前的最后一道工序，管延安负责的是管内二次舾装件的安装、维护和保养工作，这些舾装件犹如工程的“保命”系统，是沉管在水下密封、压力进出、沉管姿态调整的生命锁。在标准化作业的基础上，岛隧项目党委提出，要严把最后一道关，用一丝不苟的精神守住生命线。

2013 年 8 月的一天，岛隧项目党委书记林鸣来到二次舾装保养平台，询问了管延安担任队长的舾装班的工作情况，并要求道：“让我看看你们的压力控制阀门。”管延安将他领到阀门保养区，指着一列列铁架说：“报告，这就是所有更换下来的阀门。”

新旧阀门摆放得整整齐齐，连摆放方向都整齐划一。“那你告诉我，哪些是新的，哪些是旧的，哪些是保养过的，哪些是刚更换下来的。”林鸣继续问道。管延安答道：“第一列是保养过的可以再次使用的阀门，第二、第三列是有待保养的阀门，第四列是更换下来淘汰的阀门。”本以为规范的管理能够得到林总的认可，可是林鸣依然没有点头。

在看过其他舾装件的管理之后，林鸣回过头来对管延安说：“小管，你对物品的管理做到了心中有数，舾装件是沉管的命，关键时候阀门出了问题，就是命出了问题，你虽然清楚了，但如果有人过来动了这些阀门，打乱了它们的顺序，或者记混了、错拿了配件怎么办？”

管延安一时说不出来，想了良久：“这个问题还真没想到。”

林鸣又说：“你应当用黄漆，在每一个阀门上写明保养日期，同时，自己列个保养台账，这样即使错拿，也是一目了然，不至于把未保养过的阀门安装到沉管里。”

管延安恍然大悟。岛隧项目党委提出，舾装工作要“一丝不苟，不让隐患出坞门”，这是最后一道关，自然要有非常规的、高质量的作业要求。从那以后，管延安改变了以往的工作思路，不只是工作要达到标准化，还更加注重了主动巡查、主动找短板、主动挑毛病，甚至是一夜醒来推翻自己前一天的做法，重新来做。

5 工区党总支紧紧抓住这次机会，鼓励基层单位提高质量安全意识，不仅要标准化，还要主动化。作为沉管安装施工团队，5 工区党总支没有将项目分包，全靠自有职工完成所有施工任务，在原来班组化管理的基础上，重新调配组建了“机修班”“起重班”“电工班”三个工匠班组，让管延安统筹指导班组的技能工人，在船机标准化的基础上寻求主动化。

考虑到管延安及其工友们对工程原理的认知水平有限，束缚了技能、技艺的发挥，5 工区党总支就积极培育“职工夜校”和“总工讲堂”两个平台，请公司总工程师、船机行业两名教授级高级工程师为技工们授课，从数学运算教起，一直延伸至船机修造。一开始由于基础确实有限，即使简单的微积分也很难理解，所以党总支又邀请了珠海市高中教师、华南理工大学讲师等每周日上门讲课。从 2013 年 9 月到 2015 年 1 月，在一年半的时间里，通过在党总支举办的“职工夜校”和“总工讲堂”的学习，农民工出身的管延安基本掌握了力学公式的计算和初步的微积分知识，并迅速将其运用到了工作中，对蝶阀安装的螺帽精度提出了改进方案，仅拧紧一个螺丝帽，管延安就将其细化到需要转几圈才能保证其既紧固、又有韧性的程度。

"津平 1"是世界上最大的外海抛石整平船，也是世界上唯一一艘具备清淤功能的整平船。四条高 90 米的桩退每次作业都要抬升、下放 10 余次，靠齿轮驱动的抬升装置在润滑方面非常不便。技术人员有心无力，操作工人却有力无心，均解决不了难题。

党总支立即开展了组织协调，将群众创新工作室的大学生们同管延安带领的工人们结合到一起，开起了"职工夜校"，让大学生给工匠"打工"，由管延安和工友们提出润滑加油的改进思路，技术员帮助画图弄清原理。经过 1 个月的时间，"桩退齿轮喷淋加油润滑装置"出炉了。这是一项涵盖了装备制造、技术创新和船机改造的多行业创新成果。党总支牵头协调组织，工匠和大学生们强强联手，终于创造出了省时、省力、高效的技术成果。

此后，党总支在三个班组中开展了"工匠立功"活动，鼓励工人们在作业过程中提出技改、技革的建议，由党组织牵头协调技术部门、船机部门进行评审，对于合理的革新立即着手技术攻关，不合理的建议则重新对工人们进行授课，讲解现有技术方式正确的操作方法，两相受益，最终达到工程的高水平建设质量。

艰难时刻的维稳主力。对于 5 工区党总支的全体成员来说，自 2011 年工区党总支成立，到 2014 年 11 月 E15 节沉管安装之前，整个施工过程可以说是困难重重，但是，无论什么样的困难，都比不上 E15 节沉管安装过程中出现的困难。因为海底基床回淤问题，E15 节沉管的安装遭遇了三次浮运、两次回拖的困境，作为负责安装的 5 工区，党总支全体成员也是经历了近半年的煎熬和前所未有的考验。

E15 节沉管安装受阻以后，整个 5 工区施工队伍士气低落，包括三个主力船长，他们是沉管安装工作核心中的核心。这些船长以前在一航局都是明星船长，干过大起重船，得过"全国五一劳动奖章"，是这个行业的佼佼者。而现在，E15 节沉管安装两次均半途而废，这对他们的打击很大。如何改变团队的氛围，提高大家的士气，这个艰巨的任务就落在了 5 工区党总支的身上，而首当其冲的就是党总支书记王有祥。

E15 节沉管被二次回拖后，为了稳定队伍，提振士气，王有祥带领党总支的主要成员上岛做动员工作。他们把所有的工人和船员都集中起来，先是开大会，然后是一个一个分别谈话，尽量把动员工作做扎实。王有祥在动员大会上做了一个报告，着重强调了一点，那就是，沉管回拖并不是安装失败，而是安装的条件不具备。所以，对于 5 工区的所有职工来说，这并不是什么挫折，只是工程进度受到了一些影响，因此要科学地看待这件事。两次回拖，恰恰说明对工作的高标准、严要求。这是一项世界级的超级工程，在质量上绝对不能有丝毫的马虎，必须按照科学设计的程序和标准来做这项工作，这是公司的风格，也是作为一个现代企业的标准和基本要求。王有祥组织工区的党员，专门成立了党员突击队，充分发挥了党员干部的示范带头作用。

为了等待 E15 节沉管安装的气象窗口，5 工区上自经理、书记，下到普通工人，春节期间都在岛上待命。作为党总支书记的王有祥，甚至借着这个机会对工人们进行了科学施工的相关培训和教育。他要求工人们必须摒弃“差不多”的观念，港珠澳大桥的施工必须分毫不差，这是港珠澳大桥 120 年设计寿命的基本保证。他跟工人们一个一个地谈心，灌输科学作业、高标准作业的观念。他说，决不能像以前做普通工程那样对待现在的这项工程，“差不多就行了”的思想绝对要不得。因此，领导和技术人员要有科学观念，船员和工人也要讲科学作业的观念。哪怕是小到打个扣子、带个揽这样的小活，都必须科学施工、高标准要求。打扣子打到什么程度，钢丝绳用完之后保养到什么程度，都必须用数据来说话。为以前在普通工程中粗放惯了的农民工灌输科学作业的观念，让他们以最严格的标准出活，并不是一件容易的事，很多习惯的改变不是一朝一夕就能完成的。王有祥说，他花了整整两年的时间，才让 5 工区的普通工人转变了观念，成长为具有严格技术规范意识的现代工人。他感慨地说，其实党务工作可以落到实处，关键是要琢磨。在 5 工区，王有祥的很多党务工作就像是培训、学习工作一样，帮助公司培养工人、培育工人，把工人培养成一个有想法、爱学习的工人，培养成一个有着高度技术规范意识的工人，这就是党务工作者对港珠澳大桥建设最大的贡献。

E15 节沉管的安装，前后长达 156 天，5 工区党总支的主要成员，与王有祥一起，始终坚持与一线工人守在工地上，在学习和相互鼓励中，共同度过了那段最为艰难的日子。

创新载体抓党建。既要抓好工程任务，又要抓好党建工作，这是王有祥作为党总支书记的基本理念。从 2014 年任党总支书记以来，王有祥主动将党建工作融入中心任务中，不断创新基层党建工作的思路，在“超级工程”的建设中打造出了独具岛隧特色的党建品牌。

作为党组织，通过党建活动来培养和提升党员的素养，增强党员的凝聚力是必需的任务。但如何让党建活动有效果，王有祥与党总支的其他同志想了很多办法，包括开展形式多样的特色党建活动，如书记课堂、廉政课堂，还有道德讲堂，把“三严三实”“两学一做”“四讲四有”等学习教育活动全部搬到课堂上来，带领每一名党员一起学习进步。在建党、建军、建国等重大特殊纪念日里，他还会组织开展一些寓教于乐的文化活动，诸如宣誓升旗、知识竞答、健身协作赛等，这些活动的开展受到了工人们的一致好评。

王有祥认为：“党建工作决不能浮于表面，必须发挥出党建服务于施工生产的作用。”无论是在平时还是在工程建设的重大节点，王有祥作为党总支书记，始终牢记要抓好职工的思想引领工作，适时开展主题教育活动，掀起“工匠精神”研讨热潮，带队到一线船舶开展“党员故事宣讲”活动，积极宣贯主流价值观，在关键时刻发挥好党组织统一思想、凝聚战斗力的堡垒作用。

“党建工作要做到与时俱进。”王有祥紧跟“互联网 +”的时代潮流，创建“情满超级工程”微信党建工作平台，推动了思想政治教育、文化传播等工作的信息化、便捷化，初步实现了与传统党建工作的资源共享、优势互补，进一步激发了党建活力。

基层党建工作要始终坚持以人为本，王有祥结合项目的管理特点，推出了“一室一家一队一角”的党建载体，在桂山岛创建了“党员活动室”，展板、书刊、棋盘……一应俱全，让一线的党员有了学习交流的好去处；在营地设置了“职工之家”，添置了球桌、棋牌、图书，让职工能够在闲暇之余走进“家”中好好放松一番；建立了多支“青年突击队”，有效调动了青年先锋建功立业的激情斗志；在每一艘船舶设立了“船舶文化角”，购买了图书、配置了健身器材，有效缓解了船员在外海工作环境下的孤闭情绪。

情系职工谋幸福。伟大的工程背后是每一位职工的艰辛付出，他们远离家乡，孤岛作战，实属不易。王有祥把每一位职工都当作自己的家人来看待，尽心尽力地为他们解决后顾之忧，营造出了一种家的温暖。

为了更深入地了解一线施工人员的需求，王有祥每个月都坚持到海上 10 余艘船舶走访至少 2 次，3 年多来行程超过了一万公里。每到一艘船上，他就会把船员们三五一组聚到一起，唠家常、聊工作，从工人们的一言一语中了解他们的精神状态，给他们充当心理医生，把大家的困难和需求一一记录在自己的走访笔记上。隔三岔五他就会翻一下笔记，好让自己清楚地记得还有哪些职工需求需要解决。王有祥用无微不至的关怀，让工人感受到了组织和家庭的温暖。

岛上一名工人突发心脏病，王有祥立即与现场进行沟通，提前安排好船舶、车辆，争分夺秒接力把工人送到了医院，为抢救争取了时间。了解到该工人的家庭条件比较困难，王有祥便在工区带头发动捐款，第一时间把“救命钱”送到了病人家属的手中。在大家的帮助下，工人身体得以康复，家属含泪为项目部送上了感谢的锦旗。

“要让每一名参建工人都感受到荣誉感与归属感。”这是王有祥对每一名工人的承诺，他也在身体力行地践行着。每年年底，王有祥都会精心收集全年拍摄的职工影像，将照片集结成集，收录员工心语，制作成精美的画册送给他们的家人，让他们分享“超级工程”的荣耀和项目团队的温暖。

王有祥勤勉务实，敢于担当，以“踏石留印、抓铁有痕”的干劲，以行程一万多公里的真情付出，引导和凝聚着团队的每一位职工，在世界级桥隧工程的建设中坚守奉献、拼搏进取，用心经营着“情满超级工程”的特色党建品牌。

脊 梁

——记桥面铺装工程CB06标段党支部书记刘宗普和他的团队

港珠澳大桥桥梁工程桥面铺装工程 CB06 标段，全长 8.67 公里，铺装面积近 27 万平方米，是目前世界上单体面积最大的钢桥面铺装标段。

CB06 标段项目部一共有 14 名共产党员，数量占整个项目部和施工团队人数的 5% 左右。他们中的 90% 在项目部担任要职，有着丰富的铺装及相关领域施工、管理经验。

在三年漫长而艰辛的港珠澳大桥工程建设期间，这些党员们扛起大梁，不仅在自己的业务岗位上干得风生水起，更是在 300 多人的铺装队伍中起到了模范带头作用。

如山使命 铁肩扛起

“党员应该具备两个重要的品质，一是务实，二是责任担当。这也是我在港珠澳大桥项目中坚持和要求的。”刘宗普说。刘宗普是 CB06 标段项目工程部部长，临时党支部书记，这是他第一次在工程项目中担任支部书记。作为一名已有 14 年党龄的老党员，刘宗普十分清楚党员的责任与义务，他认为，只要干实事、勇担当，就能起到党员带头作用，就能影响更多的同事把工程做得更好。

坚持，是最难也是最简单的事。“三年时间，一般可以做两个桥面的铺装工程了，但这三年，我们只做了港珠澳大桥。”对刘宗普来说，港珠澳大桥是独一无二的，围绕它进行的技术创新和管理创新不论在广度上还是高度上都超越了其他桥梁，桥面铺装方面更是如此。

港珠澳大桥桥面铺装的使用寿命要求达到 15 年，这比以往工程多了七八年。钢桥面铺装中的诸多难点被誉为世界性的难题，港珠澳大桥在铺装设计阶段不仅创新探索出了具有稳定的性能与高生产效率的铺装方案——GMA，还提出了“四保”的管理理念。面对技术与管理的革新，三年来，刘宗普及其团队如履薄冰，但最“磨人”的，还是一年半的准备期。

“艰苦、枯燥的施工、生活环境都不算什么，我们最大的敌人是‘等待’，这对心性和意志是巨大的挑战。”在施工准备期，CB06 标段项目部做了 1000 余次的配合比试验，使用了 200 余吨材料，就是为了简单的四个字“创新超越”；不断沟通改良施工设备，就为了达到以设备保工艺的标准；将制度细致化到每一个环节、人员，就是为了让每一个细节可控。作为施工队伍中的一员，刘宗普施工前的准备工作每一件都捋了很多遍，困难与方案都了然于心，但半年过去了，一年过去了，其他同时间进场的项目已经在享受胜利果实了，CB06 标段的施工界面还未获得交接。即便是刘宗普这位老工程人、老党员内心也起了涟漪：“我们内心是忐忑的，我们做的‘超级工程’是否能达标？无法施工，前期做的工作就无法得到验证，与预期还是有些心理落差的。”有一段时间，工作结束后的傍晚，刘宗普都会站在施工营业的二楼走廊面向大海，遥望余晖中的港珠澳大桥，心绪复杂。他试图找到一个方法，让自己的心平静下来，重塑信心与积极的状态，他知道，面对这样的情况，施工队伍一年多没活

▲2016年9月27日，CB06标段项目员工在桥梁工程贯通仪式上

儿干，人心必须得先稳住。

无意间听到两位女同事们的交谈，刘宗普更加有信心了。“我现在还记得两位大姐的谈话：‘坚持吧，不就是三年嘛，有生之年或许就只能遇到一个港珠澳大桥这样的项目，难得啊！’”简单的一句话，简单的两个词：“坚持”与“难得”，分量十足。来自群众的心声鼓舞了刘宗普：“她们还是女同志，还是普通群众，都比我想得透彻！”刘宗普将“坚持”和“必胜”的信念通过党建工作，在每次会议、每次活动中都传达给了党支部，更是利用茶余饭后与项目部的同事们谈心，影响了其他人以更加积极的姿态做好施工前的准备工作。

2015 年 10 月，CB06 标段项目部克服了集料采购方案调整及生产工艺优化、GMA10 技术指标优化调整等带来的困难和挑战，圆满地完成了第一阶段试验段的施工工作，为后续首件制及全桥正式施工的顺利开展打下了坚实的基础。

认真务实、责任担当，是对“27 万平方米”每寸质量的真挚承诺。“为什么浇注式边带还要多抹压两次，我做了几十年的工程都是这样做的，怎么来到这就不行了？”这是刘宗普在施工初期的现场听得最多的疑问，类似的疑问还有很多。

终于进入施工期了，刘宗普每天怀着兴奋且审慎的态度去前场，几天下来就发现了一个必须重视的问题：施工人员的思想认识必须扭转。“港珠澳大桥是‘超级工程’，它代表的是世界一流水平，以后将作为中国铺装工程的最高标准。来到这里，就要按照这里的规矩办事。”这是刘宗普强调得最多的话语。前场最高峰时约有250名施工人员，很多是从以前项目转过来的工人，在业界是熟手，是老师傅，他们对前场施工有权威，也有发言权，但是在港珠澳大桥，该改变的思想认识必须得改变。刘宗普的态度十分坚决，不达标就要重做，没有丝毫的妥协。为了扭转一线建设者们的思想观念，他花了大量的时间编制管理制度，搜集材料做培训，进行班组交底等工作。为了让工人们更形象地理解港珠澳大桥的高标准，他拍了许多技术达标产品的照片，并与以往工程产品作对比，展示时用对错信号突显出二者之间的区别。在施工现场，刘宗普

▲刘宗普在桥上与施工技术人员交流

更是苦口婆心地循循善诱。他深知工人们都“受得了苦，受得了累，但受不了半点委屈”，为了达到质量要求，他十分讲究管理艺术。偶尔遇到脾气犟的老师傅们做错了，刘宗普也会以尊重前辈的方式好好地和他们说。“只要有道理，他们还是很配合的，观念的扭转虽然没那么容易，但只要每次都不放松，多说几次，就有用了。”果然，不出两个月，施工队伍的技术标准就统一了起来。

为了保证摊铺质量，沥青铺起来一般是要进行连续作业，为了让工人们安心工作，刘宗普都是把饭碗送到他们手上，干完了才能撤，挨个换完，刘宗普才去吃饭，他永远是最后一个。如果过程中出现了问题，刘宗普就让他们马上停工修正。

有一次，在中央分隔带浇注式作业期间，分隔带宽 50 厘米、厚 68 厘米，很窄，必须采取人工摊铺的方式。刘宗普在现场跟工人们一起工作，以保证摊铺质量，在做当天最后一道工序时，天有不测风云，突然间风雨大作，转眼间大家都跑进了周围的遮阳棚、车里躲雨，只有刘宗普一人留在了暴雨中。他看着工具散落一地的狼藉场面，不由分说，就去把工人们找了回来：“就差最后一点了，处理好再躲雨，虽然这个是可间断的步骤，但连续作业完比雨后再做，质量要好得多。”大家都被刘宗普的行为所触动，赶紧冒雨去处理，不一会儿就结束了工作。结束后，刘宗普才发现工服口袋里装满了雨水，手机泡在了里面，手机触屏已经完全没有了反应。

自此之后，每当有类似的情况，大家都坚持先把手头的活干完。刘宗普要求做事有头有尾的作风，让 CB06 标段的施工现场形成了当日事当日毕的工作作风。每天工作结束后，工人们都会主动清理好损耗品，垃圾分类回收，工具摆放整齐。刘宗普认为，一个有条理的施工现场是保证工程顺利进行和铺装的基本品质。

2017 年，CB06 标段完成了建设使命，刘宗普发出了如此感慨：“再苦再难也值得坚守！”

兄弟，雄起！

在前行的路上，刘宗普并不是踽踽独行，在这里有一群党员兄弟共同肩负着港珠澳大桥铺装工程沉甸甸的使命。

“我是革命一块砖，哪里需要哪里搬。”从得知重庆智翔中标那刻起，有一位年轻人就按捺不住内心的激动，很想参与到港珠澳大桥的建设中。然而，公司派往珠澳口岸人工岛的名单里却没有他。于是，他急切地给项目经理、项目总工打电话，表明了自己对先进技术和优秀管理经验的向往。终于，他的真诚与能力打动了他们，他拿到了去往港珠澳大桥项目部的“通行证”。他就是党支部宣传委员、项目部质检部部长周家强。

2014 年 7 月，刚到项目部时，周家强被安排在工程部负责前期工程的建设与管理，当时项目部许多部门的人员还未配备齐全，他的工作并不轻松。两个月后，因项目需要，他被调到计划合同部，虽然一切要从零学起，但他不忘初心，跟着部长一步步把工作做到了完美。直到 2014 年 12 月底，因原定的质检部部长不能参与到这个项目中来，周家强又迎难而上挑起了质检部这个重担。质检部是公司第一次在项目部设立的部门，以往工程质检都归工程部管理，而这次为了确保港珠澳大桥的铺装质量能满足 15 年的使用寿命，特此设立了质检部。周家强是公司“第一个吃螃蟹”的人，可借鉴的经验极少。首先，周家强需要把一些宏观的质量指标，分解到每个施工点上去落实好，从而形成一个“接地气”的质量体系。他积极地向大桥管理局请教，查阅管理局下发的规范性文件，同时拓宽视野，广泛地学习国外关于质量管理体系的相关材料。铺装工程质检涉及的检测数据非常多，如施工环境的温度、出料温度和到场温度、摊铺的厚度、摊铺部位、碾压遍数等，各项参数均需要专项人员进行监控，而质检部门的人员有限，周家强常常一人负责多个点的数据监控。2015 年 2 月，当许多人还沉浸在欢度春节的喜悦中时，周家强已经回到项目部继续施工设计、质量体系等方案的编写了。然而，没过几天，家里传来了疼爱他的外婆去世的噩耗。可惜方案正处于最后的定稿期，时间非常紧，周家强回不去，只能静静地在人工岛上默哀。每当回想起当时的情景，周家强都会沉默许久，继而眼中透露出更多的坚毅。

▲周家强在桥面防水层施工现场

“今年有想考一级建造师的吗？一起吧！”这是周家强确定报考后，在 CB06 标段的 QQ 群里发出的信息。工作再忙、再累，他都要挤出时间来学习，充实提高自己，同事们经常看到他下班后一个人在会议室里看书到很晚。“会议室里静，这是我找到的一处好地方。”周家强说。周围的同事们被他的这股冲劲鼓舞了，也响应了他的号召，一起加入了备考战队。当年，他如愿以偿地取得了资格证后，其他同事也以他为榜样积极报考，三年下来，项目部累计 5 人先后通过了一级建造师的考试。

“捧着一颗心来，不带半根草去。”党员游爱华是材料管理部部长，负责材料的订购、运输等工作，工人们都戏称他为“游老板”。不过，这位“游老板”不仅没有休闲自在的“老板命”，反而时不时就要出差跑材料，有时候半夜三四点还在加班。因为工作中跟“钱”打交道的时候多，所以他格外廉洁自律，谨小慎微，每个工作程序都做到规范、合法。

“CB06 标段铺装所用到的混合料有 42000 吨。”游爱华对每种材料的余量、总量都是信手拈来，脱口而出。

材料供给对工程建设来说至关重要。港珠澳大桥的防水材料为行业内品质最好的材料，要从英国进口。这就涉及了国际贸易，游爱华需要提前做好采购计划，掌控材料的进场时间。原计划 2016 年 9 月 20 日正式开始桥面防水层的铺装，而早在当年 5 月初，游爱华就开始做计划了。他根据试验阶段每天的耗量、厂商最佳订货批次等来下订单，然后进行国际支付。他还要估算组织发货、生产配料、组织转运、海运、抽检、安检、质量送检等一系列环节所需要的时间。在之后的实施过程中，他需要时刻关注材料在各个环节的状况，将每个环节的节点时间控制在偏差不超过 3 天，只有这样才能保证材料按时进场。为此，他常常失眠。采购进口材料，不仅程序繁杂，检测也非常严格。为了保证材料的质量，游爱华需要对每一种材料的检测撰写报告供大桥管理局审批，一种材料的资料加上附件一般有五六十页纸，最紧张的时候他经常熬夜到凌晨三四点。但正是游爱华的细致工作，才保证了各项材料的稳定供给。

游爱华不但对待工作非常用心，在待人处事方面也非常热心。作为一名党员，他及时把握群众的“脉搏”，每当发现同事们的“异常表现”，立马想方设法为其解决。曾有一位同事因为家庭原因情绪一直比较低落，细心的游爱华在平时增加接触他的机会，拉近彼此的距离，了解实际情况后便为其出主意解决问题；当发现有同事脑卒中住院，在异地看病花费负担重时，游爱华就立刻向公司反映，以党支部的名义通过公司垫付费用，以减轻这位同事的经济压力；另外，工程建设人员常年在外地工作，偶尔会有家

▲游爱华在口岸人工岛拌合站生产现场

属来工地探亲，这一来一回的费用也是一笔不小的开支，于是游爱华向公司提议由公司报销路费和食宿，以减轻同事们的负担。通过这些细微的做法，大家不仅越来越信任游爱华，也加深了对公司的信任，更加愿意尽心尽力地去做好每一份工作。

“睡懒觉时七八点钟起床，平常三四点钟就起床了。”这是党支部组织委员、设备管理部部长莫正华在工厂生产初期起床的时间规律。多年的管理经验告诉他，施工期正式开始的那段时间，很多方面都会不稳定，比如设备容易坏、计划需要微调至更周全等，他经常在三四点钟就起床做计划安排，交代各个岗位的工作人员认真执行计划并做好监督，他也会亲自巡视施工现场。莫正华就像一位隐姓埋名的“大侠”，平时低调处事，但有事发生时第一个挺身而出。

对于现场管理，莫正华坚持“无为就是最大的作为”的理念。他认为，每个岗位的工作人员都有比他擅长的技能，如果过分干涉他们的工作或许会阻碍他们自我能动性的发挥。因此，他不会什么都去管，但他会把握好工地行车作业的安全原则。

▲莫正华在口岸人工岛拌合站生产现场

生产期刚开始时，一线工人对损耗品、垃圾处理还没有形成正确的、良好的认识，造成随意堆积。有一次，垃圾着火了，莫正华第一个反应过来，想也没想就拿着灭火器冲上去把火扑灭了。当天，他马上提出了整改措施，明确指出要分类回收损耗品和垃圾，并且要将其堆放到固定的安全位置。

生产初期，不只人不习惯新环境的工作，机械偶尔也会“耍脾气”。2016 年 10 月，珠海连续的阴雨天，导致发电机不能正常工作了。按照以往的做法，只能将其送售后维修，但这样会耽误施工。曾经学过机械的莫正华，拿着吹风筒三两下就把发电机修好了：“虽是土法子，但能解决问题就是好法子。”

在工程建设过程中，党支部的每一位党员对待问题无论大小，只要是问题就努力去解决。他们对待工作一丝不苟、兢兢业业的态度，在无形中影响着项目部的每一位成员。

“只留清气满乾坤。”六年的军旅生涯造就了刘幸彬刚正不阿的性格，为此，党支部选举他为纪检委员，同时他也是项目部健康、安全和环境部门的部长。

为了最大限度地发挥党建活动的积极作用，刘幸彬在党支部组织学习“三严三实”“一带一路”的相关文件时，不仅要求党员参加，还会邀请主要的管理层人员、积极分子和群众参加，并筹备形式多样的活动。在开民主生活会时，刘幸彬也会请来部分管理层人员，让大家敞开心扉，互相提出优点与不足，以有效促进管理工作的顺利开展。

随着 2016 年“三严三实”“两学一做”学习活动的不断深化，刘幸彬倍感责任重大。渐渐地，他发现了健康、安全和环境管理工作与纪检工作的共通之处：项目部从上到下十分重视“廉政工作”，廉政教育和监督是刘幸彬的重要工作之一；健康、安全和环境部门的工作包括安全、环保和员工健康，涉及员工身心、思想上的调节。于是，他采取了以“监督”为中心，以“调解”为手段的方式开展工作。在党费收缴的工作中，他开展了专项检查，发挥党费收缴工作的教育功能和政治功能，把收缴党费的过程变成了党员增强党性观念、严守组织纪律的过程。在整个工作中，他提前分清党员的组织关系，之后专门下

▲刘幸彬出海去施工现场

发了《党员交纳党费情况自查表》，同时检查党员是否已缴纳党费，最后上交《党费工作专项检查情况统计表》，使党员同志能够严于律己，提高党性。在项目容易出现不正之风的地方，如材料采购、食堂物资采购、会务接待等方面，他以防范为主，进行内部标准控制，做到了防患于未然。

辣而不燥的精神支柱

每天中午 12 点，CB06 标段项目部的营地食堂都会飘出油辣子的香味，刺激、醇厚的味道混合在潮湿的海腥味里，别有一番风味。这是党支部专门从重庆请来的老厨师做的川菜飘出的香味。从 2014 年 8 月开始营地建设以来，老厨师的油辣子就给这支来自山城重庆的建设团队提供了每天对抗“辛苦”的胃口支柱。

“第一天上来什么都没有，只有一片沙，避荫都没有地方，一望无际的沙，特别热。有种绝望感。”这是许多建设者们涉足这片荒岛的第一印象和感受，到处都充斥着荒凉与寂寥。而每天熟悉的油辣子味无疑成了他们最好的伴侣，有助于安抚工人们躁动的情绪，在一定程度上稳住了“军心”。

油辣子温暖了工人们的胃，丰富的业余生活则抚慰了工人们孤独的心。与几公里外的繁华都市相比，人工岛的生活无疑是枯燥的。党支部为了给工人们枯燥的生活增添一道亮丽的色彩，会不定期地组织篮球赛、聚餐、素质拓展等活动。2015 年 5 月，他们在珠海高栏岛开展了主题为“荒岛求生”的拓展培训活动。活动通过负重越野、荒岛生存、团队协作和沟通能力的训练，培养了团队成员吃苦耐劳的奉献精神，增强了团队的凝聚力。大家从一次次小细节的经验教训中认识到了“细节决定成败”的真谛，充分认识到了团队协作与相互信任的重要性。

对于党员同志们来说，党支部更是他们信仰的根据地。

党支部成员也积极为党建活动作出了贡献。在理论学习中，他们职责明确，分别轮流主持带领大家学习，发放了《习近平谈治国理政》等一系列书籍，并安排每周或两周写一次心得体会，供大家一起交流学习，以不断提高党员同志们对党的理论的认识程度。CB06 标段项目党支部名义上由 8 名党员组成，实际上共有党员 14 人，其中以健康、安全和环境总监郑严杰为代表的 6 名党员虽然组织关系没有在项目部，但也积极参与党支部组建的活动。他们渴望一个汲取能量的地方，而党员们学习和交流互动就是他们时刻保持战斗力的好办法。

2017 年 7 月，港珠澳大桥主体桥面铺装工程圆满完成。在 CB06 标段项目的一些建设者们“衣锦还乡”之时，刘宗普却未动身收拾行李。原来，公司决定委任他为港珠澳大桥主体工程岛隧工程路面工程项目部副经理，负责海底隧道铺装方面的工程管理。刘宗普深知，海底隧道路面的铺装比桥面铺装难度更大。港珠澳大桥海底沉管隧道全长 6.7 公里，是目前世界上最长的外海沉管隧道。与桥面铺装相比，深处海平面 40 米以下的隧道，铺装时不仅要面临高温、高湿以及通风环境不畅等特殊施工条件带来的挑战，还要预防一系列不可预知

▲素质拓展训练

的突发状况。难上加难的是，完成这项复杂任务的时间只有 60 天。而在另一边，家人却殷切地盼望他早日回家团聚。刘宗普也想好好地弥补这三年被港珠澳大桥工程“偷走”的天伦之乐的时光。然而，在他的内心，却始终有个声音呼喊着他负重前行，站好最后一班岗。于是，刘宗普说服了妻子让他继续隧道的铺装，“当时我妻子的回答也很有个性：‘我不支持，但也尽量不反对你。’”就这样，刘宗普还没来得及喘口气就又肩负起了艰巨的使命。

与刘宗普一起留下来的党员同志还有很多，如莫正华、游爱华、周家强、郑严杰等。在拼搏了 1000 多个日日夜夜之后，他们继续坚守在港珠澳大桥。

鲁迅说：“我们从古以来，就有埋头苦干的人，有拼命硬干的人，有为民请命的人，有舍身求法的人……这就是中国人的脊梁。”

伶仃洋上的奋进红

——记桥面铺装工程CB07标段党支部书记徐永钢和他的团队

CB07 标段，全长 13.807 公里。其中，钢箱梁桥面铺装里程 7154 米、铺装面积约 21.5 万平方米；组合梁桥面及混凝土连续梁铺装里程 6368 米、铺装面积约 19.4 万平方米。

在五月阳光的照耀下，在伶仃洋深邃蓝的海水映衬下，港珠澳大桥桥面铺装中的防水黏结层红得格外纯粹而又充满温情，它在无声地保护着钢桥面。一如港珠澳大桥工程 CB07 标段的“工地书记”们，默默地为大桥筑起了一座坚实的“红色精神堡垒”，凝聚着建设者们的强大力量，推动着工程快速平稳向前。

破茧而出振士气

广东的 6 月是“赤日炎炎似火烧”，CB07 标段的 9 人党支部就在这热浪滔天的 6 月诞生，与生俱来就有 6 月燃爆的性格。

这里有随时随地用精神食粮来鼓舞带动整个项目部的“永钢书记”，有飞速成长的“优秀工作者”王慧斌，有精力无限的“奶爸”江胜文，有朝气蓬勃的宣传委员“90 后”青年何木，有活力四射的美女朱丽莎……虽然现实的挑战一次次地给他们“泼了冷水”，但从未浇灭他们的工作热情与心中的信仰。

“我们广东长大公司中标 CB07 标段是在 2014 年 6 月，中标后公司党工委就支持我们建立了党支部。从公司的角度来说，港珠澳大桥是粤、港、澳三地在一国两制的模式下，共同投资兴建的世纪工程，具有极高的政治意义。因此，我们这支由 106 名员工组成的庞大的项目部队伍，需要一个思想的领头雁，而我们党支部就是要担当这个角色。”徐永钢，CB07 标段项目部的党支部书记，也是项目经理，他领命担当了这个精锐部队的“大家长”，同时，他亦如一个匠人一般，带领着其他党员们，带领着项目部的同事们，对工作精雕细琢。

凡事预则立。为了给大桥制造出精细优质的铺装材料，他和公司骨干一起到中山市谋划建设国内乃至世界最先进的集料工厂。理想是丰满的，现实却很骨感。港珠澳大桥路面铺装的集料，细度分为 3 档：A 档 (0.6~2.36 毫米)、B 档 (0.212~0.6 毫米) 和 C 档 (0.075~0.212 毫米)，这种细度的分级在国内没有先例，在国内也找不到精度如此高的筛集设备。怎样才能确保 7 万多吨的集料都能达到这样的精细度呢？徐永钢在国内找了很多生产厂家做试验，但都不够理想。一些工程师开始失去完成任务的信心，繁忙的寻觅也使徐永刚睡眠减少。尽管如此，他还是会在睡前翻阅床边的书籍通过学习来不断充实自己，拓宽视野。有一次，新闻报道了“毒胶囊事件”，当

▲徐永钢在桥面铺装施工现场

▲重温入党誓词

他看到那一颗颗胶囊里面的粒状物时，觉得那些均匀的粒状物跟集料形状很相似。这则新闻给了他灵感。随即，徐永钢又开始做试验，他模仿胶囊的制作模式，引入了药品、食品的高密度筛分设备。试验成功后，工程师们豁然开朗。现在的集料生产线就是由其购置的药品、食品的高密度筛分设备组成的，毫无疑问，其建立的工厂是当前国内仅有的高精尖集料加工厂。

“多亏当时费了大力气从无到有建了生产厂，现在才不至于要依赖进口，才确保了集料的稳定供给和大桥的铺装进度和工艺。”徐永钢说，有些坚持是必需的。

工欲善其事，必先利其器。除了材料，桥梁铺装的“武器”也很重要。为了打造出桥梁铺装最厉害的“武器”，练就最高超的技能，2014 年 6 月至 2016 年 8 月的两年间，可谓是 CB07 标段技术人员最难熬的日子。徐永钢带着一帮技术人员反复进行试验，集料配方的试验、工艺流程的试验、设备改进的试验……千万遍的试验，大都是机械性的重复加一点点的改良，一台设备设计出来后，但凡有一点瑕疵都要推倒重来。起初，一些年轻的技术人员难免觉得枯燥甚至认为是吹毛求疵，但徐永钢经常鼓励大家说："自己看得到的瑕疵，就要尽力去消灭，只有这样足够精细、足够充分的准备，才能确保工程现场有条不紊、高效运行。"

老党员徐永钢就像引领年轻技术人员的一面旗帜。渐渐地，大家褪去了浮躁，沉下心来，深入研究，最终收获了成长。在徐永钢的带领下，他们设计出了被赞为"中国法拉利"的边带摊铺机。

一腔热血扬起帆

年轻党员王慧斌也是在这样反复试验的磨砺中成长起来的。

烈日当空、遍地黄沙、黏糊糊的海风，以及被海风一吹就消失的手机信号，这是 2014 年酷暑时王慧斌这些最先进场的建设者们所看到、所感受到的珠澳口岸人工岛。虽然身心疲惫、环境恶劣，但是刚放下行李，大家就顶着烈日、冒着风沙，一步步穿行在岛上，开始了 CB07 标段施工的第一步——营地

▲徐永钢与王慧斌在桥面铺装施工现场

建设。

随着吊车、推土机、压路机、装箱板房等各类设备，以及各主要工作人员的陆续进场，2014 年 9 月 10 日，在轰轰响的挖土机作业下，桥梁工程 CB07 标段珠澳口岸人工岛施工营地正式开工建设。也正是在这一年，王慧斌被确定为入党积极分子。他既感到莫大的荣幸，也深感责任重大。平时尽忠职守的他，工作热情更加高涨。扎根于人工岛的王慧斌住在临时的板房里，夜里一边照看着施工现场，一边整理着当天的施工资料。披星戴月工作的他，和同事们在不到两个月的时间内就完成了试验室报建，在 100 天内就完成了施工总营地内的办公区、生活区、生产区的建设。

经过王慧斌和 CB07 标段建设者们的日夜奋战，2015 年 4 月 23 日，港珠澳大桥珠澳口岸人工岛总营地正式建成，为项目工作的全面开展提供了保障。安居而后乐业。对王慧斌来说，2015 年是痛并快乐着的一年。他时而在办公室撰写质量手册、技术交底文件、施工方案，时而在工地奔忙、试验。一个只有 30 米的试验段，他做了 27 种防水层现场对比试验方案。失败了，他重新开始，经过不计其数的试验，年底终于完成了人造试验路基础以及浇注式试验路

▲王慧斌在施工现场

工作，被港珠澳大桥管理局授予了“优秀工作者”的称号。苦尽甘来的成长，让他顺利通过了党组织的考察。在2015年底，王慧斌被确定为中共预备党员。“党员”的身份、“优秀工作者”的称号，使他深觉所肩负的责任之神圣和重大。2016年，他带领路面作业人员高质量地完成了匝道区水稳层施工、组合梁桥面铺装，以及钢桥面试验路和首件制的顺利实施，这些都为主桥钢桥面的铺装创造了良好的条件。可以说，港珠澳大桥桥面铺装各项工作的准备期就是王慧斌在党支部的成长史。

在施工的准备期内，除了施工营地建设、沥青拌合设备的安装外，桥梁工程CB07标段还有一项非常重要的工作——人员进场和培训。

作为港珠澳大桥技术主管兼桥面协调负责人，江胜文便是这项工作的不二人选。

港珠澳大桥对桥面全新的铺装体系及工艺极其苛刻。为了有效确保每一个岗位人员的技术水平与业务能力与参建世界最大规模钢箱梁桥面铺装工程及技术标准的要求相匹配，江胜文一边研究技术，一边培训在岗工人。在CB07标段项目部的大办公室，经常可以看到江胜文加班的身影，他在协助总工完成施

▲江胜文在施工现场记录数据

工技术方案的同时，还参与和编制了多份关于铺装体系工艺的作业指导书。在进场一年多的准备期内，他培训工人达到了上千人次。虽然工作量大，但江胜文从未诉过苦，反而觉得很幸运，他说："桥面铺装是收尾工程之一，这就意味着我们会坚守到最后，能看到大桥落成的盛况，这对我们来说是非常幸运的。"2015 年虽然还是 CB07 标段项目的施工准备期，但江胜文却已异常忙碌，他希望为桥面铺装做充足的准备，如同守望着他年底即将出生的孩子一样。

用心点亮铺装霞光

2016 年是 CB07 标段项目部遇到重大转折和挑战的一年，对身兼多职的"90 后"何木而言，更是负重前行的一年。

2016 年 8 月，CB07 标段项目部完成了初期准备试验工作，正式开始了大规模的桥面铺装工作。此后，各部门同时开工、高速运转，以何木为代表的"工地书记"们更是以行动兑现着"全心全意为人民服务"的誓言。

何木不仅担任工程上的行政职务、机械设备部门的拌合楼长，还是 CB07 标段党支部的宣传委员和团支部书记。沥青拌合站是铺装工程中关系到施工质量的第一关，即使事情繁多，何木也不敢有丝毫懈怠；党支部、团委工作又是工程先进性的保证，为此他也丝毫不敢怠慢。如何统筹兼顾，何木有秘诀，他说："不管是设备上的还是党务上的工作，我都要力所能及地把每件事情做好。"他对工作时间的安排有着明确的规划，由于设备部门的特殊性，何木要早上五点上班进行沥青拌合，下午四点下班。于是，何木就充分利用下班后到晚上睡觉前的这段时间把党务工作做好。

何木在会议的时间安排上也花了心思，为了不占用大家白天施工的时间，他把党团会议都安排在桥面工作基本结束的晚上七点钟以后。每天忙得像飞速旋转的小陀螺的何木，还十分关注同事们的思想动态。有些同事刚到人工岛不太习惯，思想上有些消极，何木便会利用工作之便，以聊天的形式对思想上出

▲何木在做工艺工法讲解

现偏差的同事进行疏导，使其思想回到平稳的轨道上来，这样温和的方式既不会让同事们尴尬，也不会耽误工作。这些党建工作的艺术，都是处处为他人着想的何木在一次次工作挑战中慢慢摸索出来的。

何木认为，港珠澳大桥超大面积的桥面铺装，要求每个平方的工作面都要达到较高的质量，因而需要每个员工始终保持精益求精的工作态度。要聚人气、鼓干劲，就要深入工人中去，贴近工人，服务于工人。为了让工人们感受到党支部的关怀，何木携手其他党员，统计出了每位工人的生日，并在工人生日当天为其送上生日蛋糕券及贺卡；每月月初，何木还会组织当月庆生的工人共同聚餐，传递欢乐。同时，每逢佳节之时，何木还会组织工人们开展各类文体活动，让他们在工地上也能感受到节日的气氛。

像何木这样细心的党员还有很多，他们使党支部这一战斗堡垒暖意融融。

由于工作的原因，项目工程人员经常漂泊在外，四海为家，最烦恼的莫过于自己的“人生大事”。为此，党员朱丽莎积极组织了联谊活动。为了提高联谊交友的成功率，她还专门邀请了长大培训学院的老师来给项目部的男性员工培训礼仪，以增加牵手的成功率。当职工子女上学遇到难题时，党支部会牵头寻找解决办法。偶尔，职工子女会来探望父母，但岛上设施简陋难免有些无聊，于是党支部为他们修建了儿童乐园，让大家有个一起玩乐的场所。当职工们家里遇到困难时，党支部都会牵头救济和做好困难帮扶工作。在寒冷的季节施工，有些工人会出现风湿关节痛的问题，这时党支部会开展“送温暖”活动，给大家配置电热毯，购买防寒衣，暖身更暖心。夏季，对于建设者是难熬的季节。桥面铺装工程需要在晴天进行，珠海夏季较为炎热，温度基本在 30 摄氏度以上，由于钢箱梁会“吸热”，箱体温度会达到 50~60 摄氏度，表面会达到 70 摄氏度。为了改善工作条件和工作环境，党支部为每位员工配备了必要的劳保用品、安全防护器具，并配备了急救药箱、搭建了遮阳伞，解决了现场饮水的问题。与此同时，党支部和公司工会一起开展了“送清凉”活动，购买了凉茶、解暑药发放给工人们，让他们减少疲惫、保证健康。

随着大桥建设进程的加快，许多来宾会到港珠澳大桥参观，这时需要有人对他们做全方位的讲解。党支部为此深入工人队伍，开展了“我是 CB07 标段的讲解员”活动。在活动开始前，何木对参与的人数和现场效果有所担忧，但经过初赛和决赛，他发现平时并不显眼的工人，在演讲比赛中台风、语言表达上表现得都不错。这样既为公司创造了一个发现人才的机会，也为工人们提供了一个展示自己的平台。紧接着，党支部又开展了“我是 CB07 标段的摄影家”活动，发动项目部员工在不影响工作的条件下，用手机、DV 等工具对建设者们、施工现场等进行拍摄，记录大桥施工中的前沿技术、大桥建设者们所付出的辛勤汗水，为港珠澳大桥、公司乃至项目参建的同事们留下宝贵的影像资料。

这些活动的开展，使项目参建的工人们更加坚信“平凡岗位创造不平凡人生”，使他们建立起了对港珠澳大桥的归属感和荣誉感，让桥面铺装的每一步不只是机械性的工作，而是有温度地前进。

心怀信仰冲刺世纪工程

在建设者们风雨兼程的努力下，2017 年桥面铺装工程也进入了冲刺阶段。黎明前总是最黑暗的，需要一把熊熊燃烧的火把，才能照亮前行的路。心怀信仰、牢记初心奔跑着的党员们，便是最亮的火光。

“不忘初心，继续前进”，是习近平总书记在 2016 年庆祝中国共产党成立 95 周年的大会上，对全党同志提出的期望。这让党龄已有十年的朱丽莎想起了当初的入党动机。她说：“当时特别喜欢周恩来总理，是一种迷妹的心情，感觉成为一个党员在身份上跟周总理更贴近。”她认为，真正的共产党员就应该像周总理那样！

朱丽莎的女儿已经五岁半了，母女见面的次数屈指可数，姥姥只能通过照

▲朱丽莎在桥上向来访者做讲解

片告诉女儿妈妈的样子。偶尔，朱丽莎也会出现思想矛盾，即“感性的我”和“理性的我”之间的斗争。当工作量大感到疲惫的时候，她的个人情绪就会被放大：“‘感性的我’会更加冲击内心。此时，就会怀疑选择这个行业是不是对的，女性坚持工作到底对不对，是不是应该回归家庭扮演好一个母亲、一个贤内助的角色……”然而，当她在“读党章，抄写党章一百天”的活动中，抄写到“什么是党员，党员的义务是什么”的时候，她的内心一下子清晰了。“党员意味着先进，我应该做惠及更多人的事情，坚守工作岗位。”参加党组织生活，让她重新找到了理性的自己。所以，在朱丽莎看来，学习党的理论文件是必要的，既坚定了信念，也能让自己更好地投入工作中去，心中的情绪也渐渐缓解了。

朱丽莎也常常思考一些哲学问题，她专门买了《为什么马克思是对的》一书，这本书使她明白了，要应对刺耳的声音，一方面要更多地从生活上对工人们进行关心，另一方面要以身作则，自己是党员，也是工人队伍中的普通一员，要让大家了解自己所面对的东西。欲速则不达，朱丽莎也明白影响一个人是很难的，让别人认同自己需要一定的时间，并不是一下子就能改变的。她也在不断地努力着，让“理性的自我”发挥出更大的力量。

CB07 标段项目部的党员们都能像朱丽莎一样坚守信仰，更好地服务于大桥建设，这和几年来的党务工作有着密切的关系。党支部提倡党要管党，从严治党。党支部在“三严三实”“两学一做”的活动中真正做到了“洗洗澡，治治病”，以防思想腐化，提高党员自身修养；还利用民主生活会，让党支部成员诚恳地指出了同事和自身工作中存在的一些缺点；在学习习近平总书记系列重要讲话的活动中，为了增强大家对理论的认知能力，党支部邀请了长大培训学院的老师来解读习近平总书记的系列讲话，使大家的理论学习没有浮于表面。面对工作上的矛盾，党支部组织了“三跨”——跨部门、跨岗位、跨年代谈话。让不同职务、不同年龄的同事之间通过谈心、谈话，加深交流与相互理解，也为项目工作的运转探索了更好的模式，使大家把自己放到了公司集体大局的位置上。

2017年，CB07标段项目部的一切工作都在高效地运转着：

1月23日，港珠澳大桥组合梁桥面铺装全部完成；

5月6日，港珠澳大桥桥面铺装中红色的防水黏结层施工全面完成；

5月27日，港珠澳大桥主体工程主线浇筑式沥青铺装圆满完成；

7月25日，CB07标段钢桥面铺装施工完成，为港珠澳大桥桥梁工程主线桥面铺装画上了圆满的句号。

在这势如破竹的进展中，我们看到了伶仃洋上的奋进红——共产党员的本色。

冲锋！铁道兵！

——记港珠澳大桥主体工程交通工程CA02标段党支部书记王乐余、刘远桂

港珠澳大桥主体工程交通工程起于粤港分界线，沿23DY锚地北侧向西，止于珠澳口岸人工岛大桥管理区互通立交，全长约30公里。另外，还包括位于洪湾管理养护中心内的监控中心和主体工程至监控中心的通信管线。

CA02标段主要包括通信、监控、通风、照明、消防、安全设施、收费、防雷接地、供配电、给排水、综合管线、系统集成等工程。

铁道兵，逢山开路，遇水架桥。

如今，他们奋战在港珠澳大桥，这是他们的第一个海上工程。面对这个目前世界最长、建设难度最高的跨境交通集群工程，他们冲锋在前，敢拼敢干。

铁道兵志在四方

背上了那个行装扛起那个枪

雄壮的那个队伍浩浩荡荡

同志呀你要问我到哪里去呀

我们要到祖国最需要的地方
劈开那高山填大海
要让锦绣河山铺上那铁路网
今天汗水洒下地
明朝那个鲜花齐开放
同志们呐迈开大步呀朝前走哇
铁道兵战士志在四方
同志们呐迈开大步呀朝前走哇
铁道兵战士志在四方

《铁道兵志在四方》这首属于铁道兵的旋律，王乐余、刘远桂从第一次唱起就从未忘记。纵使年逾花甲，纵使重重险阻，曾经在青藏铁路高山上奋战过的这俩老兵，现在又义无反顾地来到了珠海。“劈开那高山填大海”，从五千多米的冻土到洋洋大海，他们意气风发，老去的只是年龄，不老的是他们铁道兵的精神与信仰。

王乐余，CA02 标段第一项目部党支部书记，于 1978 年入伍当了铁道兵，曾参与过几十条铁路线的修建，其中包括京通线、侯月线、京广线、京九线、南昆线、南疆北疆铁路线等。

刘远桂，CA02 标段第二项目部党支部书记，有着 40 余载的铁道兵生涯，兵改工后从最北高原的青藏铁路，到宁杭铁路、福建铁路、南广贵广高铁，他都全程参与，对铁路的爱已深入骨髓。

虽然 1984 年铁道兵改工到现在已经 30 多年了，但铁道兵身份的印记依旧烙在他们的心上。

最累不过铁道兵。铁道兵是一支有着光荣历史和传统的队伍。抗美援朝的时候，铁路运输线被美国飞机炸毁后是铁道兵前去抢修，那时的铁路是修了炸、炸完再修，被誉为“炸不断的钢铁运输线”。新中国成立后，铁道兵的主要职责是国家大型铁路的建设，那时候中国最艰苦的铁路有成昆线、襄渝线……因为技术落后，这些铁路都是铁道兵一点一点用汗水和生命铺出来的。现在，铁路建设中打隧道是一件很简单的事，盾构机一开进去就成型了，出来就是隧道。但在以前，建隧道全都是用风枪，战士们打完炮眼之后再装上炸药，装完之后点上导火索再跑出来，然后再把道砟一锹一锹铲出来。下班后，整个人就是个“灰人”。“有时候一个隧道几年都打不通，很辛苦的。”王余乐回忆说，“1999 年成昆线电气化改造，正好我带着连队又重回故地，那时候我是队里的书记，从攀枝花到昆明段，我们施工的站段就发现了六个烈士陵园！每个烈士陵园里都有几十个战友永远沉睡在那里！就像纪录片《永远的铁道兵》里说的，成昆铁路平均每公里就有一个战士倒下。我带着他们去过这些陵园，一是让这些老铁道兵及现在的铁建员工接受传统教育，二是为长眠在这里的战友扫墓。”

回忆起当时参加的襄渝线建设，刘远桂说：“襄渝线基本上除了桥就是隧道，所以铁道兵精神就是要特别能吃苦、特别能战斗、特别能奉献。”是的，这仍然是他们的优良传统，他们将此精神也带到了港珠澳大桥的建设中来了。

劲儿往一处使

“作为一个老党员，就是要在自己的岗位上把事情做好。能参加港珠澳大桥这一超级工程的建设是我的荣幸。干好工程，首先就是要保证职工队伍稳定，队伍有股团队精神，有股冲劲才行。”王乐余说。

王乐余所在的第一项目部，其工程内容包括 9 个子系统，专业多样而复杂，加上“超级工程”的高标准要求，不论从技术、管理方面，还是心理方面，建设者们都面临着巨大的挑战。王乐余明白，这次的工程项目跟以往的不一样。交通工程施工牵涉的参建单位多，有港珠澳大桥管理局、参建单位、设计单位、监理单位，因此沟通协调的难度大，并直接影响工作效率。项目开工后，不可避免地要交叉施工，这直接影响到多个单位的施工计划。王乐余要承担起复杂的沟通工作，协调不同参建单位的关系，为项目施工打好和谐协作的基础。

CA02标段项目是一个年轻人“扎堆儿”的地方，35岁以下人员占到了80%左右。“港珠澳大桥项目涉及这么多专业，有几项还是国内首创，比如国内第一个3D拍照高速公路收费系统，60公里不停车收费，我们用了近一年的时间翻来覆去地试验，下了很大功夫才确定了这些新项目、工艺的施工标准。”为了凝聚团队的向心力，激发团队的战斗力，王乐余将党建工作与项目施工相结合：“人是企业发展的第一要素，一定要先做好职工的吃、住、行、医，施工的事情才能做好。”

王乐余相信这群年轻人的创新能力，并给予他们充分的信任。不论是上级和港珠澳大桥管理局的指示、政策、要求，还是工程建设中的技术规范、技术标准、工期、质量、安全、困难和问题等，他都原原本本、明明白白地传达给大家，使他们在技能学习的同时，学会做事、做人和担当。在抓各项工作的落实中，王乐余始终细心体察年轻职工们的情绪，根据实际说服教育、示范引导、提供一切可能提供的服务，让这批年轻的职工对项目发自内心地认同和依赖，以调动他们的积极性、创造性。在生活中，他重视思想的交流和情感的沟通，准确把握年轻人的脉搏，积极营造项目部上下之间、人与人之间团结互助、宽松和谐的人文环境。王乐余说：“大家心情舒畅了，就能充分发挥团队的积极性、主动性和创造性。”

“从2015年到现在，我们项目部来了30多名学生，本科生、专科生、技校生都有，因此，大家的技术基础水平参差不齐。但经过一年多的锻炼，他们都能独当一面，成为专业技术骨干了。”王乐余提到这些年轻人就特别欣慰。第一项目部集结了公司大批技能人才，王乐余除了着重抓好在岗年轻职工的专

▲王乐余在大桥上与工人谈心

业技能培训和再提高之外，还根据不同岗位的需要，采取了岗前培训、脱产再培训、在岗学习等多种方式来对新进员工进行不断地充电，使他们的专业知识和操作技能在学习实践中不断得到更新和提高。为了培养年轻人，使他们在技术上迅速成长起来，王乐余把“导师带徒”的模式运用得十分充分、灵活。一般来说，一个导师会带三四个学生，王乐余会帮助新员工签订各层次的导师带徒协议，组织开展以老带新、以强带弱的“传帮带”“一帮一”活动，同时分专业、分阶段性地考核，想方设法缩短他们的成长周期，从而提高其整体素质，干好这一生中难遇的超级工程项目。王乐余说：“我们这是技术密集型产业，每年都有技术创新。来的这些学生水平参差不齐，态度上有的积极性高一些，有的就不是那么高，因此一定要好好引导。”

珠海天气炎热，夏天的时候，钢箱梁内的温度一般能达到60摄氏度，施工人员进入箱梁内几分钟就会全身湿透。条件艰苦，施工任务紧张，王乐余看在眼里，感同身受：“天儿太热了！我们所有的电缆都在大桥的桥箱里边，里面温度很高，进去一会儿衣服就湿透了。”所以，王乐余时常以党支部和工会的

▲写给2035年的信

名义上岛、上桥慰问施工队伍，送去防暑降温的药品和物资。王乐余始终记得当年在部队流传下来的一句话：炊事班的生活搞好了，顶半个指导员！队伍里都是年轻小伙子，必须让他们吃好了，干活才能更有劲儿，所以王乐余高度重视项目部的伙食，从生活中的一点一滴去关心职工。

党员是队伍的先锋队，党员的先锋模范带头作用是完成任务的关键。王乐余总能利用各种时机组织党员开展活动，参与劳动竞赛，成立青年突击队、党员先锋岗。同时，他对党员的思想教育也十分重视，他说：“讲政治、有信念是对党员的基本要求。只有拥有坚定信仰的人，才能够战胜各种艰难困苦和强大的敌人，让自己立于不败之地。信仰的力量坚不可摧，有了对党的忠诚，有了坚定的信仰，就有了崇高的精神力量，在考验和挑战面前，就可以做到‘千磨万击还坚劲，任尔东南西北风’。”在“两学一做”“三严三实”等教育活动中，王乐余总能先学一步，在每一次党课教育中，他自己总结和形成的理论与实践相结合的发言稿，使职工深受教育。他了解项目部中的每一位党员，他说：“像我们这一代的党员，文化素质、文化水平相对偏低一点，但吃苦耐劳、不怕牺牲的精神很强，现在的年轻党员，在思想观念上更活跃一些，在企业的技术创新上比较突出，所以新、老党员要团结协作，互相做好榜样，心往一块儿聚，劲往一处使，把事情做得更好。”

党员吕正润是第一项目党支部的一名老党员，被大家称为“不知疲倦的老黄牛”，在工作中起到了很好的模范带头作用。自 2016 年初来项目部，他就负责桥上箱梁内光缆的敷设、接续、测试和电器性能平衡工作。虽然夏季桥箱梁内温度高达 60 摄氏度，但由于有 460 多公里的光缆要敷设，有 4、8、12、16、24、48、96、120 芯光缆要接续、测试、电器性能需平衡，近 400 个光缆头要接续，一接到任务，吕正润就从技术人员手里接过图纸一头扎了进去。通过言传身教，吕正润的徒弟们快速成长起来，在他的带领下接续测试团队攻克了一个又一个难题。自项目部成立“吕正润劳模创新工作室”以来，他先后带了 20 多个徒弟，每一个他都手把手地教。吕正润说：“固定与开剥、熔接、盘纤、密封，一道道工序都很重要，这直接关系到通信工程的质量和寿命。这些工序比女同志绣花还要精细，所以必须细心、耐心、专心。”吕正润以高度

▲重温入党誓词

的责任感、使命感和工作热情，用较短的时间圆满地完成了这项任务。

先天下之忧而忧

“必须给大家的思想来一场创新，必须改变以往铁路项目建设的思维模式，只有勤学习、求创新、提士气，才能作战。”CA02 标段第二项目部成立之初，老党员刘远桂就率先开始学习。

第二项目部负责的是供配电工程，整个体系庞大而复杂。港珠澳大桥采用国际通用的 FIDIC（菲迪克）条款进行管理，与老铁道兵所熟知的铁路施工管理模式大相径庭。该管理方式极为严格，若不积极学习，工程建设必被禁锢的思想拖后腿。

具体如何做？刘远桂有他的“三板斧”。

打造团队的战斗力从思想共识开始，要将团队建设与工程建设结合起来。“工程建造的发展协调，安全在先，质量至上，精品为要。要协调发展，务必要坚持‘全方位追踪、整个过程把控’的视角。”这是刘远桂与团队成员达成

▲刘远桂在施工现场

的共识。针对海上作业环境艰苦，施工专业多、施工队伍多、交叉作业多、作业面有限等不利条件的特点，刘远桂还有针对性地提出了要用开放的理念解决施工现场难题的思路。“我们的思维要开放，我们的团队要开放，我们的学习要开放。”这是他对项目部每一个人的要求。他鼓励每一位员工本着诚恳的态度、开放的思想去与相关单位进行协调沟通，以保障施工进度的顺利推进。他引导项目部组织丰富多彩的学习与工余活动，譬如，为适应海洋施工环境，组织了游泳学习和比赛；2017 年一开始，创新开展了“文明小鸡进珠海”的文化宣传活动；组织了“勇攀高峰扬铁建精神，脚踏实地展青年风貌”等主题登山活动。这些活动的开展，在轻松减压的同时，也有益于工作的开展。

在专业上进行指导，在施工上与同事们共进退。刘远桂最常出现的地方就是施工现场，他是名副其实的工地书记。他说：“只有全方位追踪，过程把控，才能保证协调好。”党政工作紧密结合，使他的工作有时已经“超载”“超纲”。例如，110 千伏变电设备是强电专业难度系数较大、施工风险较高的作业，每台重 61.6 吨的变压器要人工卸车、平移、就位。为了保障施工，刘远桂在吊装现场从方案的制订、道路的选择、场地的平整、人员的组织和材料机具的准备都一一把关，完全做到了责任到人、分工明确。最终，110 千伏变电设备按期、安全吊装到位，为东西人工岛大型设备的吊装积累了宝贵经验。

将工人们放在心里，不断想办法帮工人改善施工环境。刘远桂往工地跑得多，工人的事儿更是记在心间。比如，在桥梁里自己发电装个电风扇、电灯，以解决通风照明的问题，遇到需要的就上去搭把手、帮帮忙；不时地给施工人员递上水和防暑药品；有时候水不够，他更是宁愿自己渴着，也会把水留下来给工人。刘远桂所发扬的是作为一个党员的先进性，关爱群众，克己奉公。他总问别人，还需要什么？他总问自己，还能多做些什么？

“我参加工作七八年了，这还是第一次吃到同事为我准备的生日蛋糕。”第二项目部职工小余这天下班回到项目部，看到了为他准备的生日蛋糕，都说男

▲党员宣誓活动

儿有泪不轻弹，但此刻他还是忍不住，眼泪夺眶而出。原来，这个生日是刘远桂特地安排的。他专门统计了每位员工的生日日期，做成表格，每逢员工生日的时候，饭桌上总少不了生日菜。

“先天下之忧而忧，后天下之乐而乐”和“廉者常乐，贪者常忧”是刘远桂时常挂在嘴边的一句话。

超级工程，廉洁同行。为了让廉政思想更加深入人心，不只是停留在讲一讲、听一听的层面上。刘远桂别具一格地发起了“廉政家书”的活动，他让搁笔许久的年轻人通过写信这一最传统也最动人心的形式，给父母、兄长，也给自己说说心里话。刘远桂表示，党务工作必须和职工自身，和他们的岗位联系在一起来做。刘远桂所在的项目部被评为2016年度“党风廉政建设先进单位”。谈起单位的廉政建设，没有人比他更清楚了。他给我们展示了这么一封家书：

我熟悉而又陌生的许一凡：

你好！今天的你是否如昨天那般“清风两袖朝天去，免得闾阎话短长”，明天的你是否还如今天这般“争得长江大河水，悉于廉泉得其源”？之所以引用于谦《入京》和张好宁《廉泉》中的诗句“拷问”你的今天与昨天，源于我对你永保廉洁的衷心希望。人随着所处的环境都会改变，因此我对今后的你感到“熟悉又陌生”，我不知道明天的你又会变成怎样，但我希望你永如郑燮笔下的竹石一样——咬定青山不放松；任尔东西南北风。

……

你而今作为一名祖国山河工程的建设者，未来更有可能成为一个工程建设的领导者，那时你会手握工程权力，掌持国家财产。可你若不廉洁奉公，辜负的则是国家和党对你的重托，戕害的是养育你的祖国和人民。我希望你明白工程贪腐更似豺狼。“见利思义，见危授命，久要不忘平生之言，亦可以为成人矣。”你要时刻记住，服务于祖国工程的建设者，需要“见利思义”的品质与自省，需要“见危授命”的担当与勇气，如此才能成为一名真正的祖国建设者。

我知道，那些在祖国工程建设上偷工减料、贪污腐败的人，都是一时被私欲所蒙蔽，直到锒铛入狱，方才后悔莫及。这些人，都应该是你的前车之鉴。老子说：“吾所以有大患者，为吾有身。”那些贪腐者，正是因为身体的私欲，而丢弃了原则。可他们不知，“五色令人目盲，五音令人耳聋，五味令人口爽，驰骋畋猎令人心发狂，难得之货令人行妨”。《道德经》中说：“及吾无身，吾有何患。故贵以身为天下，若可寄天下。爱以身为天下，若可托天下。”你要从中学到这种“以德养廉”的思想——心怀祖国、心怀民生、心怀党，忘却自身的利益，就不会有贪腐的上身。

……

最近，有一部名为《人民的名义》的反腐片正在热播，此外还有另一部你很喜欢的《北平无战事》。从这两部影视剧中，你说你最大的感悟是：贪腐亡国，反腐强国。可我更加想告诉你的是，贪腐与家庭的关系。《人民的名义》中的贪腐大抵离不开家庭的因素，《北平无战事》乃是“家族政治”贪腐以致尽失民心。因此，我在此衷心地希望，你未来的家庭是一个“廉洁家庭”，我更希望在你将来孩子的眼中，你是一位廉洁的父亲。

我现在怀着一颗平静的心给你写这封信，我希望这封信能成为你对未来廉洁的诺言。当你感觉迷茫时，拿出这封信读一读，想一想你在中铁建电气化局南方公司廉洁的青春岁月，那时你一定会豁然开朗吧！

最后，我将下面的这几句话送给你，它将成为你廉洁人生的写照，而我更加希望它会成为你作为一名祖国建设者、一名党员、一名父亲的墓志铭。

当初出校入化局，一心廉洁养高趣。

何况党员加于身，引领示范做星辰。

若有一日成建吏，素丝羔羊自愿为。

洁清自矢为子嗣，一廉如水成家志。

祝：

成为祖国廉洁的建设者！

成为中国共产党廉洁的党员！

成为孩子心中廉洁的父亲！

许一凡

2017 年 5 月

这是一封写给自己的信，字里行间情真意切，读起来让人颇为动容。不只是廉政家书，刘远桂还带头起草了“廉洁从业承诺书”，即每个员工在工作之前都要先签订承诺书并进行廉政宣誓。他们针对不同的岗位列出了“岗位廉政风险条例”，从岗位、部门和项目三个层面，分思想道德风险、岗位职责风险、业务流程风险、制度机制风险、外部环境风险五个方面，全面排查了廉政风险点，准确评估了风险等级，制定了相应的防控措施，真正做到了从思想源头上为员工们树立廉洁观念，正本清源。

不仅要从思想源头上树立起廉政观念，在工作过程中更要加强防范，防微杜渐。因此，刘远桂还带领党支部成员组织员工参观反腐倡廉教育基地，观看警示教育片，开展廉政建设讲座，举办党风廉政会，等等。刘远桂说：“要干好工程，必须树立好形象，要有一个好的行为规范。”

在全体员工们的努力下，第二项目部不仅高质量地完成了样板标段建设，并获得了一系列技术创新。到目前为止，铁建项目部编写的论文和《浅谈港珠澳大桥工程中的接口检查工作》分别获南方公司论文评选的一等奖、二等奖，《浅谈港珠澳大桥交通工程电缆伸缩装置的应用》在《轨道建筑技术》刊物上发表；项目 QC 小组的《提高公路交通工程桥箱梁内电缆敷设质量一次合格率》成果代表南方公司参加了集团公司 2016 年度 QC 成果评审会暨质量管理工作研讨会；另外，与设备供应商辽宁昊轩环保设备有限公司合作申报了电缆伸缩装置专利，其中发明专利 5 项、实用新型 1 项。

坚守信仰

谈起工作、谈起员工，两位工地书记总有说不完的话，项目部里的每一件事情他们都了如指掌，每一点成果都让他们由衷的开心。但提到家庭，两位工地书记都有一点沉默。

过了一会儿，王乐余才笑着说：“以前确实照顾不到家庭。我 2000 年（那时候小孩已经 13 岁了）才回到机关，在机关工作了 5 年，就这 5 年可以和家人团聚。除此之外，小孩上学、生病我都不在身边，只有暑假、寒假的时候他们来工地看看我。我在工地一年回去不了几次，包括以前当兵的时候也是聚少离多，我和我爱人现在都习惯了。”刘远桂也是沉默了许久：“家庭这块，没办法的，施工建设单位包括以前的铁道兵，都是这样的。从当兵到现在已经有42年了，当兵的时候，一年有15天假，但刚到家部队一个电报过来就返回部队了。一年在家五六天，十年也没几天呀！因为岗位的关系，真的没有办法照顾家庭，几十年也就这么过来了。两个小孩出生我都没回去，没办法，对父母、对家都很愧疚。”

但正是因为有这样的工程人，这样的党员同志，祖国的路网才铺得更广，伸得更远。刘远桂说：“党员其实就是先锋。党员要有理想、有目标，要懂得奉献、有信仰，要多做好事、多奉献、少索取。还要有一个好的修养，一个好的人格。你做得好，别人看着，就会不自觉地学习你。”

回顾施工图联合设计阶段，CA02标段项目部成员特别是党员同志做出了成绩和表率。

第二项目部党员许斌同志是铁路“四电”工程建设的一名“老兵”，负责供配电专业接口检查与联合设计工作。2014年12月以来，每个月都有近10次的接口检查，这是设计延伸与施工衔接的先导。无论是在中山制梁基地，还是在桂山沉管场，抑或是在东西岛、桥面，都有他的身影。白天跑现场，晚上做资料，头灯、卷尺、相机、图纸和铅笔，接口检查“五宝”从不离手。他带领第二项目部技术团队完成了供配电专业接口检查，从而为第二项目部的设计提供了可靠的数据，避免了施工出现返工的现象。

第一项目部的经理、副经理、总工程师等人团结协作，相互监督，细致地审核了14本厚厚的图纸，共20多万字。半年的时间，技术人员因审图眼睛红肿，滴点眼药水再继续审，加班到晚上十一二点都是常有的事儿。他们奔走现场，再一点一点地与图纸比对，发现了23处漏洞，并提出了修改完善意见。

2015 年 10 月 27 日，港珠澳大桥主体工程交通工程施工图联合设计顺利通过特邀专家、三地联合工作委员会、管理局等多方审查，交通工程联合设计工作顺利完成，正式进入施工阶段。党员们带领这支年轻的联合体团队迅速适应了港珠澳大桥建设的要求。

“路漫漫其修远兮”，“超级工程”的超级任务还未完成，CA02 标段的党员同志们还将继续冲锋在前！

党旗红

——记港珠澳大桥主体工程测量控制中心党支部书记方辉兵

港珠澳大桥测量控制中心负责建立和维护港珠澳大桥29.6公里主体工程的高精度测量基准，实施全桥整体测量监控管理，保证各参建单位测量基准的统一性、准确性、可靠性和稳定性，协调、监督、管理和规范各参建单位的施工测量工作。

港珠澳项目党旗红。2010年，港珠澳大桥测量控制中心项目部成立，方辉兵双肩挑，同时担任项目经理和支部书记。

在项目部成立之初，他就对党支部提出了“一个基层支部就是一座坚固的堡垒，一名基层党员就是一面不倒的旗帜”的要求。七年来，这个要求扎实落实在了建设工作中，激励着党员同志们拼搏在前、创先争优。

党员带头，打开测量新局面

“这么大规模的项目，技术要求如此之高，测量工作该如何开展？这是全新的挑战，同时也是难得的机遇。要拿下这个项目，靠我一个人是无法做到的。”方辉兵从2008年结缘港珠澳大桥开始就决定无论如何都要参与到这个超级工程中来。之后，他作为项目负责人，带领团队闯过了一道又一道的难关，打开了测量工作的新局面。

2008年，大桥正处于前期规划建设阶段，方辉兵在这个时候了解到了港珠澳大桥，对大桥建立测控中心的工作产生了浓厚的兴趣。后来，借助实施大桥首级控制网建网监理和复核测量的机会，他积极了解了项目的推进情况和工程建设的特点，并主动担任了现场复核测量项目的负责人，全程参与了两岸三地的现场实际测量工作。这为后来他带领集团公司的同事们开展投标工作打下了坚实的基础。

回忆起投标的过程，方辉兵记忆犹新："虽然很辛苦，但是每个参与投标的人员都真正投入了工作中。我和同事们几乎每天都是早来晚走，为了一个专项方案的确定废寝忘食、据理力争。在整个投标过程中，我个人对我们投标团队的表现非常满意，大家团结一心、众志成城地在为一个既定目标而努力，而且最终取得成效，我给我们团队打满分。"作为项目负责人，方辉兵当时的压力

▲方辉兵在即将出海的沉管浮运作业现场

非常大，但干劲儿十足。在港珠澳大桥测量控制中心投标文件的编写过程中，由于需要解决大桥建设基准建立、长距离海上施工测量无控制点、管节沉放定位方法、桥梁工程精密施工控制测量等多方面的问题，他带领投标小组的成员从零开始学起，翻阅了大量的资料、文献，向有经验的单位学习，组织大家参观、讨论，从无到有地积累起来了各方面的经验。但是，经过一系列研究，方辉兵及他的团队发现，光借鉴经验不足以解决问题，继而他们又“摸着石头过河”，针对项目特点制订了诸多工作方案、计划，并逐一研究利弊和得失。

“港珠澳大桥的测量工作是我们国家测量水平的代表，只要能解决这个项目中的测量难题，不仅能确立大桥院在桥梁施工建设领域的地位，更重要的是能完成个人专业技术的一次飞跃。如果能有幸参与到港珠澳大桥建设，所有参与人员都将完成自己人生中一次里程碑式的经历，因此大家一定要抱着势在必得的心态来完成标书的编写。”这是方辉兵在标书编制动员会上的讲话。正是因为有这样的思想高度，保持如此坚定的信念，他才能带领整个团队顺

▲方辉兵在现场检查工作

利中标。

关于如何建立大桥 CORS 系统是相对比较棘手的难题，在大家多次讨论仍没有明确思路的时候，方辉兵组织大家召开了专题会议，了解了资料收集与整理的情况，并邀请了仪器设备公司、有经验的兄弟单位相关人员共同协助解决问题。在对参考站的选址、整个系统的运行模式选择、测量仪器设备的要求等具体问题的讨论中，方辉兵准确地抓住了问题的关键，并对如何解决问题、从何处突破问题制订了切实可行的方案和思路。

通过三个多月的努力，终于换来了好成绩，方辉兵及其团队从众多国内顶尖测量单位中脱颖而出，一举中标！

方辉兵说："作为一名党员，要事事严格要求自己，时刻保持党员的先进性，处处体现党员的先进性。作为领导干部，我更要带领员工踏实肯干、任劳任怨，为员工树立学习的典范，处处起到带头的作用。"在后来的工作中，方辉兵团队遇到了许多预料中的难题，但正是因为有前期工作的技术积累和缜密考虑，这些难题才得到了逐一解决。

深入基层，打造服务型党组织

既是项目经理，又是支部书记，这两个身份在方辉兵身上并不矛盾，反而让他可以将技术工作与党务工作有机融合、相辅相成，不仅在工作安排上能做到更加合理，最重要的是能通过项目一线工作，将技术、管理与党务工作结合起来，工作开展得更加顺利。

"考虑到港珠澳大桥这一工程项目意义重大、建设周期长的特殊性，以及大桥院在测量、勘察、监理、设计等方面全方位参与港珠澳大桥的实际建设情况，我们集团公司在港珠澳大桥项目专门成立了党工委，通过党建工作领导大家参与项目建设，并提出了'港珠澳项目党旗红'的口号，由我任项目党工委委员和勘测片支部书记，为的就是更好地将党务工作和项目建设紧密结合、互

▲党支部生活会

相促进。”方辉兵说。方辉兵领导的基层服务型党组织起到了“发挥、指引”的功效，真正做到了“想职工所想、急职工所急”，更加接地气地参与到了项目建设中。

在党建层面，方辉兵注重发挥党员的先进性和带头性。方辉兵说：“在项目建设各工点、各阶段的工作中都有我们党员的身影，我们的党员总是能迎难而上、勇担重任，真正尽到了党员的职责。”

他要求党员从自身形成务实、高效的工作作风，以此推动测控中心对外工作作风的改善。近几年，党支部连续开展了“党的群众路线教育实践活动”“三严三实专题教育活动”和“两学一做学习教育活动”等活动，并结合项目部的特点有针对性地组织和开展了相关活动，以达到增强党性教育，树立党员正确的价值观和人生观的目的。方辉兵采取了更多有效的途径来促进党建工作，例如，建立了党支部微信群，解决了党员在工作中分散不集中的问题。党支部通过微信高效、实时地布置党支部活动与其他各项工作，将各种党员学习材料、党内实时动态新闻和政策等发布到微信群中，以便学习和宣教。经过几年来的活动教育，不论是党支部成员的理论修养，还是党支部成员将党员模范带头作用与项目建设工作相结合的意识，都有了不同程度的提高，无形的力量产生了实实在在的成效。

方辉兵对建设基层服务型党组织的理解是：服务于建设一线及现场的职工。进一步诠释就是：确保建设队伍的稳定，更重要的是确保一线职工心理、身体状态的良好。他说："我印象最深的是我们生产一线的员工们肯干、能干和无私奉献的劳动精神，没有我们一线员工们的辛苦付出和坚持不懈，不会取得今天的好成绩。"

只有了解了情况，才能做好服务。在实际服务工作中，方辉兵带领党支部成员针对一线员工做了大量工作。他们结合生产建设中的需求，不定期地召开职工大会，积极、虚心地接收来自基层一线员工们的心声，必要时采取侧面了解、谈心等途径做好心理疏导，解决员工们遇到的各种问题，真正确保一线员工无后顾之忧，能全身心地投入工作中；定期组织员工们学习先进的专业技术理论和政治思想理论知识，努力创建学习型项目部；鼓励技术改革和创新，并为其提供必需的人、财、物支持；组织全员参与丰富多彩的文体活动，除丰富了广大员工们的业余生活外，还凝聚了团队人心、活力，增强了集体荣誉感；结合季节及项目建设的各个阶段，开展了夏送清凉、冬送温暖的活动，让一线员工们深刻感受到项目部党支部的关注和关怀，有了归属感，由此产生了建设港珠澳大桥的荣誉感。

持之以恒，七年坚守终成就

"世纪大桥、测量先行"是在测控中心项目建设之初就提出的理念。

方辉兵强调："测量工作贯穿于项目建设始末，是项目规划、设计、施工直至运行期间一项必不可少的基础性工作。港珠澳大桥的建设测量要先行，才能保证世纪大桥的建设工期、建设质量的全面实现。因此，'世纪大桥、测量先行’非常重要。”

在茫茫大海上施工，没有参照物、没有测量工作必需的陆地或岩石，因此，海上每个工序的作业都需要测量团队提供放样，大到船舶定位、管节浮运，小到桩基放样、施工平台搭建，每一项工作都离不开测量人员的辛苦付出。所以，测控中心是最早进场开展现场工作的单位之一，测控团队要在施工单位进场施工前做好一切测量所需的工作。这样一来，施工单位进场后就能直接按程序开展现场工作了。

由于港珠澳大桥施工建设规模大、难度高，因此，测量工作面临的一系列管理、技术难题都需要解决。

方辉兵作为测控中心项目的带头人，正确分析现状、理清工作脉络、抓住重点难题，亲自负责项目建设中测量面临的重点、攻关工作，带领大家积极、主动地学习新知识、新技术，逐项解决遇到的各种难题。

在港珠澳大桥主体工程测量控制中心进场之初，面对国内尚无大型跨海工程测量管理经验可借鉴及常规测量无法满足项目施工作业需求的实际，方辉兵通过开展走访、资料查询、技术总结与汇编等一系列工作，编制了港珠澳大桥 GNSS 连续运行参考站建设方案，并在系统建设中协调、解决遇到的问题，仅用 10 个月的时间就完成了方案制订、系统建设、测试验证、专家验收等工作，最终完成了国内首个独立的基于 VRS 技术的工程 CORS 建设。同时，方辉兵组织完成了《港珠澳大桥主体工程测量管理制度》的编制工作，建立了针对长距离跨海大桥施工测量完整的管理体系与管理流程。在海洋环境下长距离跨海高程测量、GPS 外业连续观测组织协调、技术方案审查与攻关等诸多工作中，都能看到方辉兵的身影。

港珠澳大桥参建单位众多，测控中心除了自身的工作外，还兼顾技术服务与测量工作管理的职能，因此在整个项目建设过程中，方辉兵和他的团队与其他单位的协作较多。在工作过程中，测控中心始终强调“技术服务”的前瞻性、整体性、大局性和“管理工作”的规范性、系统性、一致性。同时，他们在与其他单位的协作中充分摆正位置和态度，做到了技术服务与管理服务工作的“积极、主动、热情”，一切围绕“确保施工测量顺利开展和完成”的目的。

港珠澳大桥经历了长周期、严要求、高精度的工程建设过程，每个环节、工序、节点都关系到工程建设的成败。江海直达船航道桥三个钢塔采用整体吊装施工的方案，该方案对钢塔吊装过程中的船、塔姿态和同步性提出了近乎苛刻的要求，测量人员通过分析、研究、演练制订了详细的测量与应急方案，并且经过了多次模拟和现场演练。在三次吊装过程中，各方测量人员均在现场各司其职，夜以继日地坚守在工作岗位上。

岛隧管节浮运安装提出了“每个管节都是首节”的理念。方辉兵回忆道：“在整个安装过程中，测量工作始终贯穿于全程，33 段管节，每个管节都是一艘巨型航母的体量，全体测量人员经受了 33 次考验。第一段浮运管节更是历时近 28 个小时，我也全程参与了首段管节的安装。”

七年间，方辉兵和同事们一直秉持着一丝不苟和持之以恒的工作态度，这是一种工匠精神。在港珠澳大桥建设过程中的每个环节和阶段，都有故事发生，正是因为有了无数建设者们的奉献和坚持，才有了今天的成绩。

方辉兵说：“多年来，我们已经习惯了这里工地、办公室、宿舍‘三点一线’的生活。项目现在即将建成通车了，这么多年的付出和辛苦终于给自己有了个交代。我想，每个参与到港珠澳大桥建设中的员工，都会有如此感受。过程是艰辛的和不易的，但是现在回头看，还是觉得非常值得的。从党支部书记的角度再看，如此大规模的工程建设，我们党支部就是一个先锋堡垒，每个党员就是一面不倒的旗帜！”

质朴的分量

——记岛隧工程总监办党支部书记余国安、曾凡和及他们的团队

港珠澳大桥岛隧工程监理联合体监理岛隧工程工作范围起于粤港分界线，穿越珠江口铜鼓航道、伶仃西航道，止于西人工岛结合部非通航孔桥西端，全长 7440.546 米。

“交通工程界的珠穆朗玛峰”，这是媒体对港珠澳大桥岛隧工程的赞誉，岛隧工程所取得的成果，代表了我国世界一流的工程建设水平。而在辉煌战绩的背后，有着一支甚少被关注的队伍——岛隧工程总监办。

岛隧工程总监办党支部书记余国安曾说：“共产党人讲信仰，信仰需要仰视而守，更需俯身而行。”岛隧工程总监办总监胡昌炳曾说：“有梦最美好，筑梦最踏实。”拥有信仰与梦想，更需实干与践行，这是这支队伍的精神凝聚，也是他们在党建工作中的核心所在。

不可或缺的支部书记

为了做好控制性工程港珠澳大桥岛隧工程的监理工作，中铁大桥院任命我国著名监理胡昌炳担任总监一职。为了迎战这一超级工程，胡昌炳组织建立起了一支优秀的监理团队，但待各路人马陆续聚集珠海之时，他的内心却被一个

难题萦绕："港珠澳大桥岛隧工程总监办是联合体，监理人数多而且情况复杂，联合体内三家单位过去没有合作过，工作起来难度大，该怎么办？"

这时，胡昌炳连忙从珠海赶回武汉，去寻找"帮手"——集团公司党委书记、副董事长田道明。

胡昌炳的到来让田道明十分诧异："听说你已去珠海工地了，怎么有时间来看我呢？"

胡昌炳没说客套话，开门见山地说道："我来看你，不为别的，就是管你要一个人。"

田道明丈二和尚摸不着头脑，问道："管我要人？走错门了吧？你要工程技术人员应该去人力资源部。"

胡昌炳答道："你是党委书记，我要的是党支部书记，找你没错吧。"

言及于此，胡昌炳向田道明道清了缘由。考虑到岛隧总监办团队的特殊性、复杂性，且超级工程要求高、工作难度大、工期长，这对监理队伍的专业性、纪律性、抗压能力等综合素质要求高，监理团队急需一位党支部书记开展群众思想政治教育，及时把握思想动态，起到稳定职工队伍的作用。

"很好，你的要求很好，我完全同意，肯定给你派一位经验丰富的党支部书记。"听了胡昌炳的一席话后，田道明颇为认同，这件事便就此落定。

让信仰植根于心

2011年5月，担任基层多年领导工作的党支部书记曾凡和到任，提出了"让鲜红的党旗映红港珠澳大桥工程"的口号。随后，他展开了一系列党建活动，让"信仰"的力量在项目部植根。

其中，第一次活动便让人印象深刻。为了宣传和学习革命英雄主义，曾凡和举办了一次树立革命理想教育的实践活动，组织监理员工到广州瞻仰黄花岗七十二烈士墓、广州农民运动讲习所和黄埔军校。

在返程时，曾凡和亢奋激昂地讲起了植根于心的革命故事：“在中国近代史上，广州这座英雄的城市，在每一个历史关头，总是站在历史的潮流前沿，一批批民族精英，一批批共产党员为真理而奋斗，他们义无反顾，承前启后，前赴后继……”

结合曾凡和支部书记的分享，胡昌炳总监激情洋溢地说道：“作为监理技术人员，我们要把握好港珠澳大桥岛隧工程建设这个历史机遇，认真工作，努力奋斗，淡泊名利，无私奉献。沉管隧道不但是港珠澳大桥的难点，也是亮点，我们过去没有搞过这样的工程监理，因而没有可以借鉴的技术经验，一切需要从头开始。‘路漫漫其修远兮，吾将上下而求索’，我们重任在肩！我们要秉承历史，开拓创新，鼓舞斗志，去续写中国桥梁建设光辉历史的最美篇章！”

瞻仰红色遗址，缅怀先烈们的英雄事迹，就是要继续发扬他们的遗志，具体到自身，便是要搞好港珠澳大桥岛隧工程的监理工作，为国争光。这是一份质朴却崇高的信仰，让每一位监理员都明白这一使命与荣誉，这就是曾凡和书记组织此次活动的目的。

书记温暖如“爷爷”

2013 年 2 月，曾凡和从总监办退休，由年近六旬的佘国安接任支部书记一职。从整体来看，岛隧工程总监办是一支十分年轻的队伍，监理员大多是 80 后、90 后。谈起佘国安书记，大家对他的印象十分统一：“从来没有端过架子”“亲切温暖得像自己的爷爷”……虽比大家年长数轮，但佘国安书记却和大家心连心，似乎没有代沟。

“党支部就是战斗堡垒”，这是佘国安在工作中谨记于心的一句话。在他看来，要充分发挥党支部的堡垒作用，就要做好监理员的思想工作，成为他们工作的后盾，生活的港湾。团队成员的心理状态与工作效率密切相关，而他的工作，便是尽最大的努力，通过各种途径，让大家在面对压力与复杂、繁重的工作时没有后顾之忧。

考虑到团队年轻化的特点，已经到退休年龄的余国安对症下药地想出了几个法子。

其一，密切联系青年群众，组建团支部。余国安到总监办后不久，便召集岛隧工程总监办的20名团员，组织建立起了团支部，并举行了团支部书记选举。作为一支年轻的新生力量，团支部更能了解年轻职工的心理动态，使党团建工作更有针对性、有效性。在余国安的带领下，团支部作为主力，积极组织了登山、野炊、篮球等有益团队合作、放松身心、增强凝聚力的活动；共青团员作为党的后备军，端正思想，工作上多承担、生活中多服务，在青年监理员中发挥了先锋模范作用。

其二，善用通信工具，建立起“无缝对接”的沟通渠道。他十分善用“手机”这一年轻人必备的通信工具，微信活跃度很高，隔三岔五便会给职工推文分享。他推送的文章内容各式各样，有关于党团文化的、时政新闻的、团队管理的、心理健康的、文学素养的，也有的是自己拍摄的有趣小视频，只要觉得适合年轻人读和看，余国安便不厌其烦地逐一转发给大家。这些“分享”让年轻人感受到了组织对他们的关心和关注，也更能从中有所收获。

其三，巧借外力，以科学的途径保障团队成员的心理健康。所谓堡垒，就是在征战之时，让大本营、让团队坚不可摧。特别是在突发情况来临时，或是面临困难、困境时，给予团队最大的支持。2014年11月16日，岛隧工程E15管节于凌晨3时浮运至施工现场后，因发现泥沙异常回淤，管节无法按计划沉放，需实施回拖作业。这是岛隧工程开工以来第一次管节回拖。经过一个春节的留守加班，E15管节于大年初五再次出运，不料，至施工现场后，数据又一次出现问题，管节再次回拖。这无疑是对施工、监理两个团队的重大打击。

余国安坦言：“当时，整个总监办都是死气沉沉的。”看见这样的情况，余国安内心很着急，他深知，士气低迷必将严重影响工作效率。为此，他连忙带着团支部书记许光明前往中大五院，邀请心理医生前来授课，为大家做心理辅导、引导减压。通过这一次邀请授课，岛隧工程总监办党支部也与中大五院形成了良好的沟通机制，不定期地邀请医生前来授课，以保证团队成员的心理健康。除了借助外部力量外，余国安在工余时间，比如在饭堂吃饭时，在饭后步行相遇时，都会见缝插针地给大家打气、鼓劲。经过多方的共同努力，E15 节沉管在历经“三运两返”后最终对接成功。

其四，融入大家的生活，给大家充分的关心、关爱。余国安坦言：“面对年轻人，要做好党建工作，单单讲历史、讲理论是不行的，必须还要用身边的小事来感化、教育他们。”虽然已经到了退休的年龄，但余国安不但不需要“被照顾”，还细致入微地将每一个职工照顾到位，把每一个细节都考虑透彻。正是这份事无巨细的操心，让 60 余岁的余国安显得比同龄人更年长一些，也更亲切一些。

▲余国安在桂山岛沉管预制厂施工现场

随着工程的推进，岛隧工程总监办团队驻扎珠海的时间也越来越长，常年离家免不了牵挂妻儿，也难以避免思乡离愁。2014 年春节，正月十五之际，总监办基本上已经全员回归，却不难发现大家内心对家中的不舍。为了让大家能以饱满的精神面貌投入工作中，同时向每一位职工传递组织的温暖，党支部和项目部领导胡昌炳牵头，组织了一次特别的聚餐。这一次聚餐，食堂没有从市场买鸡鸭鱼肉，菜品全是“众筹”而来，称“百家菜”：武汉女大厨齐大姐自家腌制的排骨，水下检测组长杨锐媳妇儿做的腊肉、腊鱼、腊鸡，贵州山区的保洁员小赵亲手挖的鲜嫩野竹笋，副总监蒋伟平老父亲亲手捕捉的高山溪水鱼，总监胡昌炳爱人吴姐顶风冒雨到洪山买来的正宗菜苔……虽无山珍海味，朴实却至真至贵。大家汇聚在大圆桌旁，欢声笑语，通过味蕾的传达，体会着来自家乡的牵挂和思念，更是感受着身旁这群共同奋战的同事们那如兄弟姐妹般的别样亲情。

“余国安书记身上体现的是共产党员的那种艰苦朴素的精神。他很少给自己更新生活用品，只见过他买过治疗糖尿病的药……”这是岛隧工程总监办团支部书记许光明对余国安书记的印象。在点滴之间，他们感受到余国安书记像家中亲人般的亲切与温暖。遇到食堂工作人员偶尔请假时，余国安书记便撸起袖子亲手下厨给大家做饭，煲仔饭、酸菜鱼、酱鸭、排骨……满满的都是家的味道。余国安和“周边邻居”的关系也很不错，总监办的年轻人略有“醋意”地说道：“保安从来不会借电动车给别人，除了余书记；物业工作人员还经常给余书记拿零食，无关人情，仅是友谊，当然书记自己不吃，都分给了大家……”其实，“醋意”只是玩笑，更多的是真挚的敬佩。人与人的关系是在相互磨合中形成的，余国安从不会对任何一个人趾高气扬，对每一个人都是发自内心的嘘寒问暖、礼貌尊重，这是对每一个年轻人的言传身教。和睦相处之下，保安用工余时间把空地料理成“菜地”，定时修剪草坪、树木；员工宿舍出现了漏水、电路故障，物业工作人员都能及时处理，环境因此得到美化，后勤也得以有效保障，为大家在“前线”的工作奠定了基础。

平凡中的榜样力量

岛隧工程项目总经理林鸣曾说过一句话：“一次成功不能代表所有的成功，我们要把每次沉管任务都当作第一次挑战。”岛隧工程总监办也是如此要求自己的。为了确保沉管浮运安装的质量与安全，岛隧工程总监办面临着沉管对接精度控制、施工中异常情况应急处理等难题。水下检测作为沉管浮运安装过程中各类数据监视、判断、分析和效果评估的重要手段，七年时间虽然已经进行过上千次，技术亦日臻娴熟，却是一项不容有失、需要以“每一次都是第一次”之心对待的工作。

水下检测组为清一色的80后、90后年轻人，他们来自五湖四海，为了同一个“桥梁梦”走到了一起。水下检测任务重要而艰巨，每一次出海他们都是乘着晨曦而去，在傍晚带着疲惫而回，是实实在在的体力活。组内的两位年轻党员龙潜江、张毅鹏在工作中展现的责任与担当，真正体现了“平凡中的榜样力量”。

▲张毅鹏在施工现场

早晨七点，岛隧工程总监办水下检测组的成员准时到达1号码头，再登上“阳海供8”号测量船，检查清理仪器设备完毕后，随着马达的轰鸣声，船便驶向了预定海域。航行两个多小时，测量船到达港珠澳大桥西人工岛。水下检测组成员戴着安全帽，沿钢管搭成的简易梯子进入沉管隧道中，数千米长的沉管隧道内闷热潮湿、空气质量差，让人呼吸不畅、心闷发慌。作为水下检测组的副组长，龙潜江虽然已经大汗淋漓，却麻利地架设好了测量仪器全站仪，立马开展位移检测。

由于沉管从沉放结束到回填覆盖之前处于“亚稳定”的状态，特别是在基础灌砂期间，有可能出现管段上浮，这是非常危险的，因此必须在管内进行连续的水准监测，以确保管段处于受控状态。几千米的沉管隧道，测量精度要求达到毫米级，要求测量人员具备熟练的操作技术和默契。

由于测量任务重，午饭时间张毅鹏从食堂为大家打来了饭菜。大家围坐在隧道内一起就餐，因这短暂而稍微放松的时光而感到心情舒畅。但来不及过多休息，他们又继续投入工作中。

下午三点左右，隧道内的贯通测量工作结束，大家收拾好仪器回到测量船。随即，测量船驶离了西人工岛，开始下一项任务，沿着沉管隧道中轴线扫测。烈日当空，阳光灼人，海上作业却仍须穿着厚厚的救生衣。龙潜江进入船舱，打开仪器设备，在现场进行测量数据编写。他紧紧盯着监控屏幕，时刻关注着检测情况，仔细观察海底沉管隧道反射回来的各种电波信号，眼睛始终没

▲龙潜江在监测工作中

▲岛隧工程总监办获全国“工人先锋号”称号

有离开监测显示屏。基槽碎石、沉积物等，海底图像持续发回，显示一切正常后，当日的任务也就告一段落了。测量船在五点半左右开始返航，大家紧绷的神经可以稍微放松下来，终于能在船上躺下休息片刻了……

这仅仅是岛隧工程总监办水下检测组在七年的工作历程中，十分平凡的一天。他们正是用 2500 多个“平凡的每一天”，守护着岛隧工程的顺利开展。

岛隧工程项目总经理林鸣曾说：“我们是海底沉管隧道工程第一个吃螃蟹的人，你们则是世界岛隧工程监理吃螃蟹的第一人。总监办严格履行职责，对安全质量加强监控，为工程建设提供了技术保障。”胡昌炳总监回答道：“在整个建设中我们只是尽到了一点应尽的责任，所取得的成绩离不开大桥管理局的支持，离不开您的信任。我愿意做一片绿叶，既可以点缀这五颜六色的世界，又可以给人们遮阴挡雨……”

这种默默奉献、甘作绿叶的精神，是岛隧工程总监办的真实写照。“成绩，得益于团队成员们的努力，有很多优秀的年轻党员坚守岗位，值得宣传，把机会留给他们……”这是余国安书记一再叮嘱的。

在岛隧工程总监办的团队中，从总监到党支部书记，再到每一个党员，他们谦虚有礼，低调稳重，不求名利。七年来，他们以俯首甘为孺子牛的质朴之心，默默守护着岛隧工程建设的全过程。这一份来自工程监理人的质朴初心，沉甸甸的，满载梦想，沉稳而厚重，坚忍而充满力量。

用心践行党员使命

——记桥梁工程SB03标段总监办工地书记易有淼和他的团队

SB03标段项目部承担着深水区15.824公里长的施工监理任务，包括两个深水区非通航孔桥、两个通航孔桥（青州航道桥与江海直达船航道桥）、跨崖13-1气田管线桥等单位工程。

“铁四院南华携手同把安全质量关；港珠澳三地和谐共建世界跨海桥。”这是SB03标段总监办办公大楼极为显眼的一副木雕对联，这副对联出自SB03标段工地书记、SB03标段总监理工程师、铁四院监理公司华南地区党支部书记易有淼之手。

这28个字所承载的是一份责任、一个使命，是易有淼对自己、对总监办3名党员，以及对团队每一位监理人员的殷殷勉励，也是SB03标段对港珠澳大桥这座“超级工程”的一份承诺。

用心做事，实干兴邦

SB03标段项目部的监理范围内有大量的新工艺、高难度的工程施工，被称为“桥梁工程监理的硬骨头”。他们监理的CB03、CB04两个标段，是港珠澳大桥桥梁工程施工难度最大、安全风险最大、协调工作最多的标段，其施工任务涉及最重的整体墩台预制、海上运输和整体吊装，最长、最重的钢箱梁大节段吊装，最高、最重的“海豚塔”钢索塔吊，等等。

在工程推进的过程中，监理团队的成员虽不需要直接进行施工作业，但监理人员的每一个“确认签名”、每一次施工旁站、每一次方案讨论中的意见，都是一份不容有失的责任，这无疑对团队成员的专业能力提出了更高的要求。所以，易有淼尤为注重对监理团队成员的综合培养，以营造起“员工与项目共同成长”的良好氛围。

易有淼身兼总监和工地书记两职，“实干”“用心”四个字是他赋予这两个职位间的一个“融汇点”。针对高难的监理任务，易有淼提出了十分具有“工地特色”的党建工作思路：“作为基层党支部，重在落实‘实干兴邦’的精神，‘做’就是‘干’，就是‘进行工作’！”而接下来在思考应该如何实干时，易有淼的回答是：“用心。”“认真做事只能做对事，用心做事才能做好事”，这是易有淼的座右铭。而这颗“心”，是一份为了事业的不计奉献、不畏拼搏、甘

▲易有淼在东莞检查墩台预制场环氧钢筋切割设备情况

▲易有淼在检查桥梁支座情况

于忍耐，为了工作而赋予的“情感”。

易有淼认为，基层党组织的工作总的来说，就是为了解决“心”的问题，换言之就是解决思想问题。他指出：“一定要做好人心的工作，让大家凝心聚力，因为只有心正了、品行端正了，才能专注于工作，才能有专注的精神，才能有奉献的精神！”

作为总监、工地书记，易有淼在思想上做到了以身作则，在遇到“难啃”的工程监理难题时，他总是以百倍的激情带领团队层层闯关。其中，尤为艰难的一次“监理战役”是江海直达船航道桥138号钢塔（连同吊具，重约3000吨）的吊装施工工作，其前期研讨工作进行了整整2年。而这一次吊装工作，由于施工条件受限，相较于已经完成的两座钢塔吊装施工，需新增一项“空中180°翻身”的工序。对于施工单位而言，这是一次世界首创、史无前例的极难的施工，对于SB03标段项目部而言，也是一次史无前例的监理难点任务。施工过程中任何一丝不慎与失误都可能造成不可逆的后果，甚至引发重大安全事故，因此，SB03标段监理部面临的是一次不容有失的守护攻坚战，团队上下每一位监理员都不敢掉以轻心。

易有淼带领着团队成员参与了长达两年的方案论证、修改和评审工作，在这漫长而纠结的过程中，易有淼充分发挥了党员干部的模范带头作用，以不懈怠、不浮躁的精神状态，以始终严谨、专业的工作态度，潜移默化地影响及鼓舞着团队中的每一位监理人员。在经历了大大小小百余次的讨论会后，最终方案得以优化，保证了钢塔翻身施工顺利完成。

作为总监理工程师，易有淼十分看重员工的专业水平。在业务上，易有淼拥有丰富的经验，他曾经参与过我国第一条实施监理的侯月铁路和第一条三峡专用高级等级公路的监理工作，曾经担任过我国第一条高速铁路京津城际高铁的总监，是一位经验丰富的监理人。

易有淼针对 SB03 标段监理团队的特性，采取各种方法、从各个方面不遗余力地对员工进行专业提升和培养，以严格的要求敦促他们形成更强的业务硬实力。为了增强对全体监理人员的安全、质量意识的教育，加强对他们的技术业务培训，易有淼带头为监理人员授课，讲解设计图纸，并要求现场监理人员认真阅图，真正理解设计图纸的内容和设计意图。在承台墩身预制准备阶段，SB03 标段总监办在经过多次内部讨论和修改后编制了《承台墩身预制监理实施细则》。对此，易有淼提出了 13 个思考题，并要求每位监理人员认真思考并提交答案，他以这种形式加深团队成员对预制墩台质量控制重点和难点的认识。除此之外，他还组织开展了知识竞赛活动，题目涵盖了港珠澳大桥的项目特点、设计图纸、施工工艺、监理规范、施工技术规范和验标等内容，有效提升了监理人员的专业素养。

除了主题性活动外，易有淼更是将人才培养贯穿于日常工作与党建活动的点点滴滴中。到施工现场巡查时，他一般都会带上青年员工，针对每个员工的情况，分别进行指导；他也十分关心员工们的职业发展，鼓励大家考取监理工程师、建造师等各类职业证书，向公司举荐取得证书的员工，以此激励团队成员形成上进、好学的风气。

一名党员，一面旗帜

SB03标段总监办是一个“老中青”相结合的团队，在施工高峰期时，监理人数达到了60余人。在施工任务紧、难度大，人员数量多、年龄结构较为复杂的条件下，总监办3名党员所起到的先锋模范作用尤为重要。

作为工地书记，易有淼要求每一位党员都要思考一个问题：“怎样才能做一名合格的党员？”在他看来，作为一名党员，首先要树立起“一名党员、一面旗帜”的榜样作用，做到以身作则，切实践行港珠澳大桥精神。

在此理念的引导下，易有淼结合港珠澳大桥建设及总监办的实际情况，开展了系列党建工作。一方面，他从理论入手，组织基层党员和总监办入党积极分子学习《中国共产党章》《中国共产党廉洁自律准则》及《中国共产党纪律处分条例》；组织党员学习“三严三实”专项内容并展开了自我检查，让每一位党员在实际工作中自觉执行“三严三实”的要求，按照“三严三实”履行职责；组织党员深入学习贯彻《习近平总书记系列重要讲话读本》精神，紧密联系党的理论创新和实践创新精神，系统学习和领会党中央治国理政的新思想、新战略，增强贯彻落实的自觉性、坚定性。

另一方面，他从组织生活与思想工作入手，组织召开了专题民主生活会，和党员们交心、谈心。与此同时，他结合每个党员的自身工作，让大家树立起“学而信、学而用、学而行”的思想，突出理想信念这个灵魂，以此解决好每一位党员世界观、人生观、价值观的“总开关”问题。

党建活动加深了党员的模范带头意识，对团队的士气起到了鼓舞的作用，并为监理工作的推进增添了力量。在港珠澳大桥项目施工的过程中，有许多重要、关键的节点，对监理团队的“作战力”提出了较高的要求。在关键时刻，易有淼和其他党员同志们充分发挥了带头作用，坚守岗位。在参与港珠澳大桥项目的四年里，每年春节施工单位皆安排了施工任务，易有淼书记便带领着监理团队连续在施工现场过了四个春节。

闫亚乐是易有淼的徒弟，2013 年入职 SB03 标段总监办。多年来，他在港珠澳大桥项目施工现场历练、成长，充分发挥了不怕吃苦、任劳任怨的党员先锋精神，树立了积极的榜样作用。刚到总监办时，闫亚乐所接到的工作任务是一份“苦差”，易有淼将监理范围内难度最大、技术含量最高的各项工作都安排给他负责或参与，涉及墩台安装、钢箱梁安装、主塔安装等海上各项复杂工程的现场监理及方案审查、变更设计审核、监理会议等工作，更需要长期与艰苦的海洋环境、施工条件相伴。虽然工作难度大，工作艰苦，但闫亚乐始终秉持吃苦耐劳的作风，从不谈条件，坚持到海上施工现场开展巡视检查、旁站工作，并充分发挥工作积极性，及时汇报、解决现场发现的问题。

除了专业业务工作外，他还是 PPT 制作能手，主动承担起了总监办里汇报材料的制作工作，将汇报材料从原来的满篇文字变成了图文并茂、言简意赅的形式，并乐于在文字材料制作、电脑软硬件等自身擅长的领域为其他同事提供帮助。通过不懈的努力，闫亚乐于 2015 年 11 月被任命为 SB03 标段总监办桥梁工程驻地办驻地高监兼工程技术部部长，在港珠澳大桥这一平台上实现了

▲闫亚乐对青州航道桥56#墩表面裂缝进行观测

▲闫亚乐检查青州航道桥54#墩钢筋安装质量

成长的跨越。闫亚乐身上所体现的“正能量”，充分反映了青年党员的良好风貌，对团队里的其他成员，特别是青年员工产生了十分积极的影响。

正是在每一位党员、每一位建设者的共同努力下，SB03 标段项目部自 2012 年 5 月进场以来，在广东省交通运输部公路工程监理企业信用评价中，连续三年被评为 A 级信用等级。2016 年 9 月 27 日，港珠澳大桥主体工程桥梁工程贯通，意味着 SB03 标段监理团队的任务已圆满完成，也代表着当初那个“守护大桥”的承诺基本兑现。

“责任到此，不能再推！”这是易有淼办公桌上一块铝金铭牌的刻字。他正是以此时刻提醒自己、勉励团队，肩上的担子再重，接过来了便绝不能卸下，必须一扛到底。这是作为一名党员、一名优秀的监理工程师的自律与担当。

一个人的“支部”

——记房建工程施工监理SA01标段共产党员吕明

港珠澳大桥房建工程包括大桥管理区、港珠澳大桥管理养护中心以及东、西人工岛上的房建装修工程，总建筑面积约 6.78 万平方米。

吕明，SA01 标段项目总监，也是项目部唯一一位党员。由于总监办党员人数太少，SA01 标段无法建立临时党支部，但是吕明说：“一个人也是支部，一个人更要起到党员的先锋带头作用。”

亲力亲为扛重担

当吕明遇到港珠澳大桥这一超级工程项目时，三十多年的经验和信条成为他抓住这次机会的红绳。

2014 年，对于广东重工、对于吕明来说，都是一次巨大的机遇。在得知港珠澳大桥房建工程招标的消息时，广东重工建设监理有限公司马上投入了巨大关注并决定竞标，吕明也因此提起了“杠杠的精气神”。当时，公司总经理亲自主持召开了多次会议，统一投标思路，将公司所有的精兵强将聚集了起来，举全公司之力来争夺唯一的中标机会。吕明作为重要人员之一全过程参与了投标工作，并负责撰写了标书中的重点、难点部分。他和同事们殚精竭虑，

▲吕明在大桥管理区收费大棚工地

用时将近两个月完成了标书撰写。收到中标消息时，全公司上下欢腾不已，进军超级工程，这是莫大的荣誉！这一次，公司再一次为吕明披上“战袍”，将这一“荣誉之战”的重担交付给他。众望之托，这对吕明而言，既是机遇，也是挑战。

与以往工程相对集中的监理点相比，港珠澳大桥房建监理标段负责的监理点很分散，包括港珠澳大桥管理养护中心、大桥管理区房建工程以及东、西人工岛装修和机电安装工程。

工程开工伊始，总监办设在港珠澳大桥管理养护中心。2015 年 4 月 16 日，吕明率先来到珠海，当时恶劣的环境条件让他有些许震惊。刚来到现场时，工程建设地是未开垦的荒山，只能通过小路进入目的地，旁边则是村庄。

刚到珠海，吕明便成了第一批入场人员的“大家长”，为了让队伍有个落脚点，保证工作能有序进行，他亲力亲为，着手操办起了找房子的事情。然而，这一过程并不顺利，在找遍附近的民房后，只找到了一个面积仅十平方米的临时落脚点。在项目营地建好前，第一批进场的十多个人只能暂时挤在里面办公。然而，为了完成工作，他们毫不抱怨。吕明回忆道：“短时间内实在是租不到房，工作要开展，只能克服困难。大家吃饭的时候，凳子都摆不下，大多数人只能站着吃，轮换着吃饭，而且，厕所就在旁边。这是一段很难忘的经历。”直到 7 月 13 日，项目部营地建设完工，他们一行人才搬到了相对舒适的办公环境中。

以身作则显示范

吕明和大家一边要适应环境带来的“水土不服”，一边要适应新的工作理念。

房建工程只占总投资的不到 1%，大桥管理局大部分的工作制度和流程都是按交通行业设定的，且管理相当严格、规范。因此，做习惯了房建项目的团队对此还是不适应。为此，吕明组织总监办的全体成员认真学习了港珠澳大桥管理局的相关管理制度及招投标文件，深刻领会并按制度文件的要求施工。进场初期，他们需要进行大量的施工前准备，很多都是案头工作，包括编制相关制度及文件、管理办法等。大桥管理局对上报及往来文件的要求比一般工程的要求高很多且审查严格，文件内不允许出现任何错别字，即使标点符号也必须准确无误，否则便一律打回。再者，是工作模式的适应。港珠澳大桥是三地共建工程，特别注重以“合同至上”为工作原则，业主只会依照合同办事，以合同的要求来衡量工作成果，他们不会听“解释”的话语，只有“合格”与“不合格”之分，不会出现第三种情况，也不会出现任何“通达人情”。

吕明对这样的做法十分认同，在他看来，港珠澳大桥是具有世界影响力的超级工程，它的建设成果将对国家的交通行业起到示范作用。规范性的流程能在很大程度上堵住贪腐的口子，这具有重要意义。所以，从严要求是工程质量的保证。但在初期，年轻员工对这种高标准的要求不适应在所难免，对此，吕明坚持从严要求，规范化管理，对自己，则更是严上加严。吕明表示：“作为项目部唯一的一名共产党员，自己必须以身作则，做好模范带头作用。”

为了更好地提高员工对项目的认识，增强他们的责任感，吕明十分重视对他们的思想教育工作，他通过“严要求、常鼓励、多沟通”的方式由内而外地激发员工们的积极性。在宽严并济中，在教育指导和知心共鸣中，员工们更加稳定地团结在吕明周围。吕明常对同事们说：“你在将工作做好的同时，不但负起了工程岗位的责任，同时也使自己得到了成长。如果能够适应最严格、最苛刻的管理，那么以后再有其他的挑战便能坦然面对了。”

港珠澳大桥房建工程管理养护中心在监管过程中，面临着许多难题，但吕明和总监办的全体员工一起，始终秉着“守法、诚信、公正、科学”的执业准则，牢记“安全重于泰山、质量高于一切、进度就是效益”的现场管理宗旨。

为了在2015年12月27日前完成管理养护中心主体结构封顶的任务，他与同事们24小时昼夜轮流值班坚守岗位，在仅仅九十多天的工期内与湖南建工紧密协作完成了任务。为了港珠澳大桥管理局可以在12月15日前正式启动各部门办公室的搬迁工作，在装饰装修阶段总监办就积极配合现场验收工作；在对承包单位的管理方面，总监办采取了以管为主、以“监、帮、促”相结合的原则开展工作，同时督促承包单位推行全面质量管理，提高了工程建设管理的水平。回忆起那段日子，吕明感叹道：“苦，是真的苦！但按时保质保量地完成任务，那种开心是无法言说的！”湖南建工指挥长宋正群如此评价吕明：“吕总为这个工程付出、牺牲了很多。为了保证工程质量，他一直在现场加班，技术很专业，工作水平很高，为我们排忧解难，我们配合得很好！”

在忙碌的日子里，时间总是过得很快，吕明及其团队已经在港珠澳大桥项目扎根了两年多。2017年5月，港珠澳大桥管理区收费大棚钢结构开始安装施工。由于设计修改和方案调整的原因，施工时间更加紧张了。于是，吕明带领同事们与施工单位“无缝对接”，为了更好地对每一处质量把关，现场监理人员跟施工人员吃住在一起。吕明则是马不停蹄，几个监理点都要监控好，哪

▲吕明在港珠澳大桥管理养护中心主体结构封顶仪式现场接受采访

个都不能放松，但收费棚值此关键时期，只有挤出更多的时间，压缩更多的休息时间。经过6个多月的连续奋战，收费大棚施工终于告一段落，吕明也能松活一点了。但一向身体硬朗的他，此时也出现了问题——腰椎间盘突出。医生让他一定要坚持治疗，否则对生活影响很大，但吕明却说：“小毛病，忙的时候不能走，总监办的员工们压力也很大，我不以身作则，不做标杆，工作就没法干了。等工作轻松点了，还是可以周末回去治疗的。”吕明虽然年近55岁，但整个人红光满面，精气神十足，并以年轻的心态和状态，感染着整个项目部的同事们。

强将手下无弱兵

吕明的以身作则、严于律己也潜移默化地影响着项目部的十余名同事，项目部涌现出了许多优秀的员工。

潘嘉殷，SA01标段试验检测工程师，是第二批进驻项目的员工。进驻之前，吕明亲自打电话问他是否愿意过来参与这样一个超级工程，吕明的鼓励再加上自己的毛遂自荐，27岁的潘嘉殷就这样来到了珠海。潘嘉殷之前跟吕明一起共事过，认为吕明是可亲的同事，更是可敬的师傅。一进厂，吕明就对潘嘉殷进行了廉政教育，并要求他认真学习港珠澳大桥管理局的相关管理制度及招投标文件，从思想上和制度上来武装规范自己。

潘嘉殷进驻项目时面临的任务是，必须按照合同规定于2015年12月底完成港珠澳大桥管理局主体工程结构的建筑施工。项目部于9月开始施工，12月底要完成任务，时间之紧，不言而喻。在这种情况下，当时港珠澳大桥管理局、施工单位和总监办三方专门开会明确指出：施工单位24小时三班轮倒不停施工，总监办24小时积极配合承包人的施工作业。在赶工期间，潘嘉殷不仅要做好自己的本职工作，还要兼顾钢筋、模板等验收工作。作为监理单位，施工单位任何一道工序的完成，都要经过他们的验收，之后才能进入下一道工序，这被称为“现场签认”。拿最简单的混凝土来说，施工单位混凝土进场，要进行现场签认，浇筑之前，要确认模板和钢筋是否安装合格；混凝土施工完成之后，要确定它的震导程度、平整度等，每一步都要跟着施工方去验收和巡查。在施工过程中，会出现凌晨一两点倒混凝土的情况，作为试验检测管理负责人的潘嘉殷也必须到位。在监理过程中，潘嘉殷心中时刻谨记“安全第一、质量至上”的要求，对混凝土浇筑施工过程中的机械设备安全、人员到位情况、混凝土质量等，严格按照项目管理制度及规范要求进行监督管理，以确保施工安全、质量达标。

郑华文，港珠澳大桥SA01标段房建机电监理工程师，于2016年4月来到项目部。一来到项目部，郑华文就面临着一个万分紧迫的任务——港珠澳大桥管理局要求在2016年12月28日搬迁进驻管理养护中心。在当时的情况下，机电安装时间短，面临吕明的多次询问，郑华文感到压力非常大。在八个月的时间里，整个大桥管理局养护中心的房建水电工程，包括消防工程、空调、智能化、高低压配电等都要由郑华文来负责。大到监督现场施工安装工艺，工种交叉作业指导，严抓各安装专业系统的检测试验，全程把控各安装专业系统的调试及运行；小到一个插座的标高、管道的标高等，他都事无巨细，亲力亲为，力求将工作做到最好。在整个施工期间，郑华文只回过一次家。不仅没有假期，郑华文工作起来更是不分白天和黑夜。由于不能影响其他部门的施工工作，郑华文一般都是在晚上进行设备调试，“凌晨两三点下班都是很正常的事”。同时，郑华文对自己要求严格，出现问题就要排查，发现问题就要立马解决，从不拖延、不推诿。在他眼里，只有问题解决了与否，没有时间早与晚。

郑华文的身上有股子“不达目的誓不罢休”的劲儿。他实战经验多，大家在遇到一些非常规的、不知道如何解决的问题时都会去问他，而郑华文往往也能给大家一个有效的解决方案。有时候，方法“土”，但很实用，能“药到病除”。提起这个，郑华文谦虚地说，自己只不过是比别人看得多、见得多，经验丰富而已。但不只如此，这背后更是数十年如一日的付出，是不断反思、思考的结果。在参与港珠澳大桥项目期间，工作繁忙，加班数不胜数，但即使在这种情况下，他晚上仍抽时间看施工图纸。他说：“不可能每天拿着一厚沓的图纸到现场去监理，主要设备在什么位置，这些一定要记住。对工程一定要熟悉，这样才能做好。”

最终，项目部成功实现了港珠澳大桥管理局在 2016 年 12 月 28 日搬迁进驻管理养护中心的目标。

在郑华文看来，自己只是一个平凡的人，做的也是平凡的工作，但是很幸运能参与到一个不平凡的工程里。郑华文和他的同事们经常开玩笑说：“这个工程我们可以吹一辈子了。”工程结束之后，港珠澳大桥管理局给项目部发来了感谢信，感谢他们为此付出的努力。对此，郑文华很是自豪与骄傲。在他看来，自己的工作“就像走路，有时候要上坡，有时候要下坡，有时候要过桥，路是不平坦的路，但我们能坚持走到底”。

虽然还未递交入党申请书，但潘嘉殷和郑华文对入党都心向往之。郑华文说:“我还不是党员，希望我达到入党条件之后，组织能接受我！”他们时刻严格要求自己，希望能与吕明一样成为一名优秀的共产党员。因为有这些优秀的同事，吕明并不孤单，一个人的“支部”就像一个标杆，在前方引导着大家不断前进！

工程“永动机”

——记港珠澳大桥工程珠海口岸人工岛项目工区党支部书记张静、徐祥

港珠澳大桥珠澳口岸，分别由珠海口岸和澳门口岸构成。作为中国最大的口岸工程，仅珠海口岸总用地面积就达 101 万平方米。珠海口岸人工岛的建筑体量巨大，核心建筑、交通中心和交通连廊等总面积近 52 万平方米，其中，钢结构、混凝土结构、机电系统等所涉及的施工工艺标准高、安全控制难度大。这样一个极具挑战性的工程，分为 1 标段和 2 标段分别进行建设。

在人工岛的建筑工地上，尘土飞扬，几千名来自五湖四海的工作人员在这里同时作业和工作，这里只有一条临时施工便桥通向陆地，四周都是茫茫海水。在这样的环境下施工、工作，极其不易，但在 700 多个日夜里，他们干得热火朝天。

在几千人中，有一群人被称为“工地书记”。他们在工程建设中拼尽全力贡献着自己的力量，为工人们提供源源不断的支持。他们把自己当作“工程建设的永动机”，他们深信：“我们党员就是要服务于生产，服务于员工。”

坚实的战斗堡垒

“只要他们能吃上热饭菜，这都不算啥。”2017 年 8 月 22 日，在“天鸽”台风席卷珠海的前夕，珠海口岸 1 标段在岛上的 1800 名工人已经在项目部的妥善安排下安全撤离至政府指定的避难点，但 1 标段党支部的党员们还在忙着台风前的预防工作。支部书记张静在不断地巡查工人们的宿舍，生怕遗漏了谁；她担心工人吃不好，晚上冒着风雨开车外出买盒饭，原本 15 分钟的路程，硬是走了 2 个小时，店家饭菜不够，她就自己动手包饺子……

面对 50 年来对珠海破坏力最强的一次台风，张静带着支部党员们忙前忙后，就是为了让大家安稳渡过难关。“他们大多数是背井离乡来到这里，为了赶工期加班加点，有时候连吃饭都只能在工地上解决。”张静内心一直有着深深的责任感，“党政一肩挑”，就是要带领党员们服务于生产、服务于员工。

1 标段党支部在工程建设之初就已经成立，张静任支部书记，郭红莲、陈冠晓等党员任支部副书记和委员。他们如同纯净的春雨浸润着工程建设项目部，为项目部带来了“活力”和“暖意”。

他们为工程建设提供源源不断的养分。

▲张静在珠澳口岸人工岛检查钢筋材料

▲张静在与新员工交流谈心

这里有创新工作室，党员董晓刚是带头人。他重点推广新技术、新工艺，发表了论文《标准化独立柱操作架的研究与应用》，还申报了《一种钢带与槽钢组合的异形柱木模加固体系》等 4 项专利。他提出的底板钢筋马凳做法优化方案，实现了技术创效约 181 万元。

这里有“连心笔记”活动，党支部作为组织者，项目部的领导干部深入普通职工中听取意见和建议，提升决策的科学性。

这里还有“全方位的学习平台”，党员活动室定期组织“读书会”活动，读人文、读思想，以提升员工们的文化修养水平。学习平台不仅规范了党员们的组织生活和学习生活，还覆盖到了全体职工。项目部人员参与学习的覆盖率达到了 100%，特别是“每周一课”的大讲堂活动，讲总承包管理、钢筋翻样，提升了项目员工专业知识水平。

他们为员工带来暖意。

由于项目地处人工岛上，进出岛只有一条武警把守的施工便桥，项目员工的出行十分不便。

为了提高员工们的生活质量，保证他们的身体健康，这里不仅有标准化的生活区，实施物业式的管理，非施工区的绿化覆盖率高达 60%，还设立了“超英员工服务中心”，医务室、超市、理发室、活动中心等一应俱全，为员工们提供了物质、精神支持。

在工程建设中，农民工是一股强大的力量，张静及其同事们设身处地为他们着想，专门设立了“农民工服务站”。他们监督劳务公司准时发放工资，至今已解决了农民工内部纠纷 5 件；平均每月为农民工看病 400 人次，免费发放防暑降温等药品价值 10 万元；他们还与珠海市企业文化协会共同举办了“德行珠海”的活动，为农民工送晚会、送祝福。

“超英之星”和青年突击队是他们的骄傲。

如果问：1 标段谁最“牛”？回答肯定是：“超英之星”！

▲青年突击队在行动

“超英之星个人”是1标段的牛人，不仅爱岗敬业，还具有超强的创造力；“超英之星团队”是1标段的模范团队，不仅效率高、失误少，劳动激情和生产干劲也是“杠杠的”。他们从劳动竞赛中脱颖而出，通过月度考评、打擂台的方式层层闯关。他们，代表的是正能量！

如果再问：1标段谁做的事儿“最及时”？回答肯定是：“青年突击队！”

党员们成立了四个青年突击队，他们除了担负项目部的职责外，每个人还被分配了后勤管理责任区，对应负责工人们的生活区，每一个责任区挂牌公示负责管理党员的姓名、职位、电话、管理职责。安全文明施工、人工岛水沟清理、普法等突击任务都是他们的工作，每当他们的身影出现，工人们就知道：“解决问题的人来了！”

涓涓细流汇成海，每个人的行动加起来，日复一日，整个建设队伍就拧成了一股绳，活力无限。

与时俱进的铁军精神

这是一支有着红色传承的队伍，“铁军精神”就像是一个烙印印在徐祥、莫柳谦等党员的身上。他们将这一精神带到了祖国大江南北的每一个项目中，也带到了港珠澳大桥珠海口岸人工岛 2 标段项目部。

在水土不服中开了个好头。“凡事都要脚踏实地去做，不驰于空想，不骛于虚事，而唯有在求真的态度上下踏踏实实的功夫。以此态度求学，则真理可明；以此态度做事，则功业可成。”徐祥，2 标段的项目总负责人、党支部书记。他是第一批上岛的人。“最初上岛，我们 7 个人，其中有 6 个是党员。条件很艰苦，人工岛上什么都没有，是我们带着工人们一点点建起来的，高温和雨季给施工带来了很大的挑战。”

在这样的工作条件下，他与项目经理、支部副书记莫柳谦一起，带着党员同志们，每天和工人们一起工作 16 个小时以上，熟悉广东省建筑工程标准，适应监理方案审核的要求，修改和完善技术方案。他们起早贪黑地工作，熬夜到凌晨一两点是家常便饭。这样的工作强度持续了一个月之久。功夫不负有心人，在大家日日夜夜的团结拼搏下，终于将急需的施工方案编制完成并通过了

▲荣耀团队

▲徐祥在施工现场

审核，确保了工程的顺利推进。

党员带头创新从不易走向容易。“创新是一个民族进步的灵魂，也是一项工程的灵魂。”这是徐祥经常挂在嘴边的一句话。他凭借着多年的工程施工经验认识到，以港珠澳大桥珠海口岸工程的施工难度和高标准，要想又好又快地完成任务，就必须走创新这条道路。

事事走在前的党员们就是一支能吃苦、能创造的队伍。徐祥创建了“党员先锋工程队”，建立起了一支骨干队伍。

徐祥带领着这支队伍吸旧纳新，积极探索工作新思路，不怕艰苦的环境，不怕苛刻的标准，更不怕与央企同台竞技，战台风，迎省检、国检、兵团式作战，尽显“铁军精神”。他们以争创鲁班奖为最高目标，不断地学习、总结、创新，BIM 技术在这里率先绽放光芒，现场质量安全管理措施推陈出新，234 天完成了从地下室到主体封顶的工作，实现产值 4 亿元。2017 年，他们施工的项目顺利通过了“国检”，获得了“省优质结构奖”“省 AA 级标准化工地”的称号，得到了业主、监理等各级领导的肯定。

只有替工人们着想才能真正做好建设工作。长期在工地上工作，徐祥和莫柳谦深知工人们的不容易。工人们每天不仅要忍受工地上机床的轰鸣声，呼吸着满是粉尘的空气，有的工人还要站在数十米高的脚手架上工作，长期在烈日下工作，他们的皮肤都晒得黝黑。

徐祥说：“工人们这么艰辛地工作，为的是养家糊口，大家的工资能否按时发放关乎着每个家庭的开销，所以，工资问题也是所有党员们比较关心的问题。”为了保障工人们的基本权益，稳定职工队伍，在珠海口岸项目刚开始的时候，他们就在广西五建率先实行了工人实名制管理以及工资预储金发放的模式，并在银行为工人开设了工资专用账户，每月进度款中有 20% 直接存入该账户，专项用于支付农民工的工资。同时，结合珠海市关于建筑工人实名制管理政策和公司对该制度管理的要求，对每一位工人进行实名制登记和考勤，经由施工单位、建设单位、银行三方共同确认后，每月将工资按时转账到每个工人的预储金专用银行卡中。这种工人实名制管理以及工资预储金发放的模式，弥补了管理上的不足，更好地维护了农民工的合法权益，也有利于与劳务企业形成和谐的劳务关系，因而实现了施工总承包企业与劳务企业的双赢。在 2016 年 6 月 6 日，徐祥所提倡的这种保障农民工权益的工人实名制以及工资预储金

▲莫柳谦在工地进行摸底检查

发放模式，受到了中央人民广播电台、珠海市电视台、《珠江晚报》等多家媒体的宣传报道，获得了社会各界的高度赞赏。

在保障了工资的按时发放后，党员们便开始从工人们的衣、食、住、行等方面着手，切实提高工人的生活待遇水平。在珠海口岸工作，高温和雨季是无法改变的环境，但徐祥认为，可以从基础设施方面为工人们提供方便。首先是食堂，“只有抓住了工人们的胃，才能留住工人们的心”，考虑到建筑工人很多是广西人，大多数爱吃辣，但珠海的饭菜则偏清淡，因此，徐祥要求食堂的饭菜要有清淡和偏辣两种口味供工人们选择。虽是一顿饭 10 块钱，却是两荤两素，工人们既能够支付得起，又能够吃得饱。其次是住宿，在岛上居住，若是开窗，湿气会比较大；若不开窗，整个宿舍就会又闷又热。在烈日下工作了一天后，很多工人的皮肤已经晒伤，再回到又闷又热的“蒸笼”里，晒伤的皮肤要再次忍受汗水的浸透，就像是在伤口上洒了盐水一般，十分刺痛。徐祥带领党员为工人们申请安装了空调，保证工人们在辛苦了一天之后能够有个较为舒适的休息场所，并在生活区、施工现场为工人们配备了茶水间。夏季时还专门提供凉茶，为酷暑天气仍坚守岗位的工人们送上了清凉和关怀。

“工程质量百年大计，施工环节千头万绪，必须一步一个脚印，不能敷衍了事。”徐祥是这么说的，也是这么做的。有人认为，作为工程总负责人，他就是官，定期来工地视察视察就行了，但是他干起工作更像是一个“大管家”，事必躬亲。有一次，他看到施工人员天天在外风餐露宿，就亲自动手和项目人员在工地搭设遮阳棚，而且要求管理人员为现场工人们送上凉茶，积极为工人营造舒适的休息环境，大家都被他这种细致的工作精神所感动，但他总是幽默地说：“我就是港珠澳大桥珠海口岸 2 标段建设工程的永动机，要发挥自己的全部力量，干点实事。”在日常的工作接触中，徐祥总是给人“和风细雨”的感觉。而他对于自己的生活近于苛刻，譬如，他同时还是分公司的负责人，经常奔波在工地现场和分公司，车上办公、就餐是家常便饭。

党建工作也可以如此书香气。珠海口岸的环境艰苦、生活枯燥，任何文化设施似乎都与这个大工地格格不入，但是徐祥和莫柳谦等党员却像变魔术一般，在这个岛上建立了一个“读书角”。

因为办公区域空间有限，徐祥便将走廊中的一个角落充分利用起来。虽然读书角只有三个书柜，但书柜里摆放着《习近平总书记系列重要讲话读本》《平凡的世界》《围城》《活着》《追故乡的人》《中国共产党章程》等几十本书，涵盖了法规、条例、章程类，“两学一做”学习读本，工具书类，经管类，历史类和文学类六大类。读书角的建立，也得到了全体职工的积极响应，大家纷纷捐赠图书，图书越来越丰富，工人都感慨道，小小的读书角为他们打开了广阔的世界。

这个小小的读书角不仅能够满足工人的文化需求，还充当了珠海口岸党建活动开展的小助手！徐祥和莫柳谦将“两学一做”的党建活动与读书角的活动相结合，把学习活动分为了两个阶段。一是集中学习阶段：从《党章》入手，党支部书记带领大家逐条学习《党章》的内容，深刻剖析《党章》的内涵，并组织大家开展《党章》学习大讨论，一起交流心得体会，互相解答疑问；二是

▲党支部开展学习活动

对照检查阶段：组织全体党员抄写《党章》，通过对《党章》的再学习，深入了解新《党章》的含义以及对共产党员的要求，以《党章》对照自身的不足，不断学习提高，以保持党员的先进性和纯洁性。"两学一做"的学习形式，一是自学，把学习材料发到微信群中，通过文献传阅，各个党员进行签字学习；二是定期交流学习，总公司要求按季度举行讲座学习，但是为了更好地保证党建活动的学习效果，徐祥将总部规定的按季度举行改成按月举行，学习习近平总书记的一系列重要讲话精神以及一些时事政治知识。组织员工每周开展一次读书角活动，规定每个月最少读一本书，每周举行面对面的座谈交流会，每次会议有 5 个人进行 3~5 分钟的分享交流；平时，鼓励员工在微信群里自由表达自己的观点，对于写得比较好的文章，则放到公众号上进行宣传。这样的交流活动极大地调动了员工们的参与度，大家对党建活动的兴趣也日益增加，都愿意把自己的想法说出来、写出来。

▲党支部在工地现场开展学习活动

除了进行座谈交流，徐祥等几位党员还创办了夜校，以满足工地工人们的学习要求。在夜校，不仅党支部书记带头讲党课，党支部还邀请了珠海市的一些教师来给工人们上课，做一些教育宣传方面的工作。一般在工程技术单位，很容易出现党建活动被弱化的现象，但是在五建则不会。徐祥说：“做任何事都有一个过程，需要党员们的正确引导。”徐祥表示，党建活动不能急于一时，氛围是需要培养的，逐渐形成一种企业文化，时间久了，党建活动和党建知识也就潜移默化地被员工们所接触，并不断地传承下去。

感恩建设者们，感恩党员同志们。作为项目总负责人，徐祥有感而发：“没有这些建设者们，也就没有这么好的家园。感谢每一位工人，他们是非常不容易的。感谢我们的党员，感谢我们所有的成员。”

在2标段，不仅年轻同志们关心、尊重老同志们，老同志们也不计个人得失，积极支持、配合、帮助年轻同志们开展工作。在这里工作的很多员工，都是二十几岁的年轻人，党支部不仅相信这些年轻人的毅力，还会创造、规划发展平台，帮助他们走过对未知的忐忑、怀疑的人生阶段，最后树立起坚定的信念。

没有起伏曲折的故事，只有认真负责、持之以恒的精神。这些工地书记们保持着坚定的信念，与同事们互相扶持带动，一步一个脚印，踏实迈步前行。

深扎工地的“老书记”

——记港珠澳大桥珠海连接线1标段党工委书记索雨周、3标段党支部书记何文飞

> 珠海连接线起自珠海口岸人工岛，经湾仔、珠海保税区北，止于珠海洪湾，全长约 13.4 千米，采用双向六车道高速公路标准建设，设计速度为 80 公里 / 小时，路基宽度 32 米，桥梁总宽 31.5 米，隧道宽度 2×14 米。

“年近六旬，曾当过兵。”这是港珠澳大桥连接线 1 标段索雨周、3 标段何文飞两位书记的共同特点。也许正因如此，他们虽来自不同的单位，带着不同的团队，操着不同的方言口音，性格与做事方法各有特色，却总能在他们身上找到某种相似之处。军营的经历，教会了他们严守规则、言出必行；丰富的工程一线经历，则让他们眼光独到、处变不惊。

“闲不下来”的工地书记

索雨周所在的连接线 1 标段项目部，承担的是拱北隧道筑建的任务，由中铁十八局承建。拱北隧道，是世界上首座采用“超大曲线管幕 + 超大冻结法”施作的双层叠加公路隧道，是我国在该领域技术水平走向世界前列的标志工程。

▲索雨周听取各党支部书记工作汇报

为了完成这一重要的高难工程，连接线1标段在施工高峰期约有3000名来自全国各地的建设者，党员有83人。在党工委的领导下，根据施工建制，成立了3个基层党支部，皆设有支部书记。

他，是工程的“后卫”。2012年7月，在连接线1标段工程未开工时，时任党工委副书记的索雨周来到珠海，辅助时任党工委书记开展开工前的准备工作，除了推进包括边防五队、口岸众多单位、口岸局、边检、海关、检验、检疫、海监等多家单位在内的协调工作外，还带头推进了施工前的拆迁工作。2013年中旬，一切工作准备就绪、处理妥当，为工程顺利推进、良好运行奠定了坚实的基础，工程正式开工。

“基层至上，职工第一”，这是索雨周从工程一开始便始终坚持的理念。他深刻地认识到发挥基层党支部战斗堡垒的作用，密切联系、团结群众的重要性，因此，他坚持把基层党建工作摆在所有工作的首要位置。为了强化基层党组织的建设，党工委与各党支部签订了党建工作目标责任书，细化了工作要求，明确了目标奖罚；党工委组织支部党员干部参与党建动员大会，以统一党员干部的思想。

对每一位党员、职工的思想动态，索雨周都十分挂心。拱北隧道工程难度大、进度紧，人员队伍庞大、结构复杂，他深感压力之大。

在工地上，风吹日晒，环境十分艰苦，绝无“轻松活”，这让团队中的很多年轻人“苦不堪言”，因而极易出现思想波动。而作为一个在工地上待了40多年的“老书记”，索雨周时常采取的是“非正式场合谈话”的方式，通过喝茶、闲聊来了解大家内心真实的想法，真正以长辈、朋友的角色，掏心窝地为他们出谋划策，指明道路，走进他们的心坎里。

他，是工地中的“先锋”。“不能光做思想工作，其他不干啊，我常往工地上跑，闲不住……”索雨周常常自嘲，自己的腿总不能闲着。他已经在工地上当了40多年的党支部书记了，对一线的情况很熟悉，也很有感情。

在施工一线，年近六旬的索雨周工作起来雷厉风行，激情不输年轻人，凡事亲力亲为，毫无架子，该值夜班的时候值夜班，该巡查的时候巡查，该干活的时候干活。2014年，索雨周在管连接线1标段西区生产的时候，每天早上8点出门，中午12点半回办公室，吃个午饭又上工地，到下午5点左右才回来，日日如是。提及此，他自嘲道：“那个时候，自己晒得黑不溜秋的……”

▲索雨周向职工讲解安全防护知识

索雨周的一位徒弟十分敬佩老师这份实干的劲儿，有件小事让他印象深刻。一次，与索雨周下现场时，他们一行人看见边防的围栏网烂了，索雨周想都没想，就自己拿着铁丝去修。谈起这件事，索雨周倒并没有觉得有什么特别，在他看来：“这些小事，自己干就好，不要耽误其他人的事。”

丰富的现场管理经验，也让索雨周在面临紧急情况的时候临危不乱，有谋有略。长距离大直径曲线管幕顶进（以下简称“顶管”）是连接线1标段的重、难点工序，具有精度控制难、障碍物处理难、地表沉降控制难、周边环境敏感突发事件处理难的特点，是决定项目成败的关键。一般情况下，“顶管”的顶进阶段是在建立起泥水平衡的前提下，通过操作顶管机，依靠推进油缸的顶力，将机头和管节顶入地层中，再在管节中注入混凝土、实行冷冻处理，从而达到“绝水”的目的。但珠海气候潮湿，特别是在雨季，地下水丰富，土层积累的水分较多，当积累到饱和临界状态使硬底撑破时，水便会渗出来。

2013年7月，在施工过程中便突遇紧急情况，泥水喷涌而出。当时情况十分危急，施工区域仅与拱北口岸地下桩基距离46厘米，稍有不慎便有可能出现破坏性的影响；如处理不当，将可能对拱北口岸日均20万人的过关旅客造成影响。

索雨周接到一线传来的消息后，意识到问题的严重性，马上赶往现场，紧急组织了“党员抢险队”。在分秒必争的紧要关头，索雨周充分展示了甘于奉献的模范带头作用，他带头下水进行抢修施工，想尽一切办法进行“止水”。最终，经过一天一夜的不眠抢修，这支“党员抢险队”终于将险情有效化解。

“闲不住”，这是年近六旬的索雨周常说的话，脑袋闲不住，总免不了操心；腿脚闲不住，总要往一线跑。冲锋在前，守卫在后，甘于操劳，不计奉献，这就是索雨周对工程、对工地那份难以割舍的情感。

最“接地气”的工地书记

来自广东长大的连接线3标段团队，他们的主要任务是加林山隧道以及连接线桥梁的建设施工工作。其中，加林山隧道贯通后，将使珠海南湾与横琴互通，使广珠西线高速可以直达港澳，具有重要的交通价值。

何文飞，则是这支“隧道筑建队”的支部书记。在四年的工期中，这支队伍给人留下了一个突出而深刻的印象——接地气！他们与沿线村民相处融洽、和睦，用尊重与体谅获得了当地村民的支持；他们在工作中吃苦耐劳，扎实干活，从不夸夸其谈；他们严于律己，工作与生活作风积极端正。3标段团队中的许多建设者们对此皆深有体会：“之所以形成如此作风，这与党支部书记何文飞的管理风格密切相关。”

扎扎实实做党建，团结战队，立起模范。何文飞从事基层党支部书记的工作已有二十余年，作为一名“老书记”，同事们对他的评价是：“书记是将国家、公司的要求，严格落实到每一项工作中去的人。”在党建工作中，他深刻认识

▲索雨周在现场监督生产质量，测量钢筋净间距

▲何文飞主持工作会议

到只有扎根于工人群众之中，才是党支部了解群众愿望和要求的主要渠道，才是群众认识和了解党的“窗口”，这对工程项目推展、团队管理具有至关重要的作用。

要建立起一个战斗力强的作战队伍，要使党支部充分发挥战斗堡垒的作用，党支部领导班子的建设具有决定性的作用。何文飞认为：“在一个项目中，需要不断地加强党支部建设，将支部领导班子打造成作风正派、求真务实、联系群众、廉洁奉公的队伍，以此带动项目班子、项目团队，进而扭成一股绳，燃起战斗力！”

在支部领导班子的带领下，支部党员需充分发挥先锋模范作用。在何文飞看来，工人群众对党的态度往往是从观察身边党员和党支部的言行开始的，党员有了坚定的理想信念，党支部发挥战斗堡垒的作用就有了可靠的思想保障；广大党员成了岗位工作的行家里手，党支部发挥战斗堡垒作用就有了坚实的物质基础。何文飞常说：“干工作光有热情不行，关键还要有能力！”所以，在基层党支部的建设过程中，何文飞将对支部党员的教育与管理工作置于重要位置，有针对性地组织开展了“学习型提升自我”的活动。他明确了学习时间、学习内容，健全了学习制度，每月进行“集中学习”，以此培养党员团队的学习能动性，提升他们的思想素质、技术业务能力。

坚持执行严要求，行走一线，守卫平安。得益于当兵的经历，何文飞对“规则”一词尤为看重。无论是在工作中、生活中，还是在团队管理中，皆是如此。经过何文飞四年的“熏陶”，3 标段团队不少老成员感叹：“以前对自己要求不够严格，偶尔会有迟到、拖沓的情况，但在何书记的要求和影响下，现在绝对守时，工作任务也绝不拖延。”

在自己所分管的“安全”工作中，何文飞虽已年近六旬，却仍干劲十足。他对自己的评价是：“我工作起来，一是一，二是二，做实际的。”深扎于基层的何文飞，从不会“倚老卖老”。他跑工地跑得很勤，基本上每隔一天就会去一次，在工地上全身心地投入工作。他每一次下工地，都要细心地查看设施、设备是否已经摆放整齐，工人操作是否安全规范……日复一日，细致、严谨。除此之外，他每周都会主持召开一次安全例会，以提高一线工人的安全生产责任

▲何文飞和同事们在施工现场

意识和自我保护能力。

在加林山隧道的筑建过程中，每天两次、共1100余次高频、高量的爆破工作，是一项安全保障重点工序。每次爆破作业都涉及几十位作业人员，人员安全保障的压力很大，这让何文飞尤为挂心。为了保证绝对的安全，何文飞对该工作的安全管理采取了严阵以待的态度，常常不计白天黑夜地与安全主管人员一道前往一线进行仓管检查，以确保相关工作人员持证上岗，关于入库、出库、退库的账本记录与实际情况相符，等等。同时，他与安全部门共同努力，加强了对民爆品工作的管理力度，有计划地组织了隧道防坍塌和民爆物品应急演练，并通过演练寻找不足，检验项目各部室和班组人员对突发事件的应变能力和协调能力、应急预案的可操作性和实用性，进而增强全员的安全防范意识，达到预防安全事故隐患，杜绝事故伤害损失的目的，以切实、严谨的工作守护了建设者们与项目财产的安全。

何文飞在工作上对团队成员的要求十分严格，对团队成员作风的要求也同样如此。除了要求团队成员具备守时、守信的基本素养外，还对他们的生活作风提出了严格要求，他带头严格落实公司的规章制度，要求员工做到资源使用有度，杜绝浪费水电，对超出额度的员工按规定执行处罚。而何文飞之所以能在执行这些看似会引起员工“不满”的制度中服众，是因为他在“规则”面前，从不搞特例。他说道：“订立的标准肯定是科学的，是能够满足大家需求的。我的职责是要去管，就不可以不管。我自己、领导班子，大家都一视同仁地执行，大家才会服。”

成为贴心的后盾，喝一杯茶，交一颗心。连接线3标段是一个年龄结构为老中青相结合的团队，在项目推进的四年中，不同年龄层的职工皆存在着思想波动、生活及工作困难等问题。而何文飞的“茶座”“谈心”便如同标段中的一剂良药，维系着团队的凝聚力。

对于中年职工来说，家中多有需抚育的孩子，需赡养的父母，在经济水平恰能维持而稍有富余的情况下，若家中突然出现变故，对一个家庭常常是致命的打击。针对此，广东长大每年都会开展一次职工情况排查工作，以此了解职工是否存在家庭困难的情况。每一年，何文飞都带队，挨个进行排查，把需要帮助的职工的情况细心记录下来，并耐心地和他们谈心，并进行开导。2016年年底，何文飞便在排查过程中发现项目部中一名职工的父亲罹患重病，住院治疗一年多后已花费了几十万元。了解到情况后，何文飞首先对这一职工进行了思想疏导，随即向公司提交了报告和困难补助申请，用实实在在的关怀帮助这名职工渡过了难关。

而年轻的职工们常常出现的，则是由于职业规划不清晰而导致的思想波动问题。很多在部门主管层面难以解决的“难题”，何文飞却能用“一杯茶”巧妙化解。正如何文飞所言：“思想工作只能做细，做实际，不能只讲大道理。”有一次，材料部招入了两个年轻的实习生，由于难以忍受较为艰苦的工作环境和较为枯燥的工作内容，到项目部后不久便以“看不到前程”为由提出了辞职。这时，何文飞没有马上放弃他们，而是请他们到自己的办公室中“喝一杯茶”，细细地和他们“唠”了开来。

在工地工作了二十多年，何文飞见证了一批批年轻人的成长。他总能举出许多可以类比的实例，以理性和感性相结合的方式，为年轻的员工们分析工作的前景与自我成长的规划，端正他们初入社会、初登岗位所应保持的学习心态，期望他们能够坚持并锻炼自己，向着更远的目标而努力。一席谈心、一杯热茶后，两位年轻人明确了目标，坚持了下来。

“尽心尽责做事，本本分分做人”，何文飞时刻以此自勉。一句简单、朴实的话，也正是这位说话直爽、做事干练却不失细腻的“老书记”的真实写照。

后 记

2017年春，港珠澳大桥管理局党委副书记、行政总监，港珠澳大桥建设工程工会联合会主席韦东庆向我们提出，要为奋战在大桥建设第一线的工地书记们写一部纪实性的报告文学。谈起这个立意，韦东庆书记很激动，他如数家珍地向我们讲起了那些来自各标段书记们的感人故事，说到情深处，泪花闪烁。我忽然有些心酸，也被他深深地感染，在这个物欲横流的社会里，我眼前的这位工地书记，以他的情怀，以他对大桥工程建设的执着让我内心深处涌起了一股久违的激情。韦东庆书记谈起大桥，物我两忘，他对桥的热爱发自内心，融于血液。从他在港珠澳大桥施工现场写下的诗篇中，你可以感受到他对大桥赤子般的热情。可以这样说，《工地书记》的写作从这一天起，已然起笔。

本书的撰写是由港珠澳大桥建设工程工会联合会发起的，任务的承担者是一支为港珠澳大桥文化建设奋战了八年的队伍，大桥的LOGO是他们呕心设计的，四年五本的《风采录》是他们的心力之作，58万字的大桥官网专题报道是他们常年守候的成果。他们的名字是：沈伟、田仲勋、周燕、孙斌、陈心羚、王婵铭、李晓欣、时君丹、张译月、邹婷婷、徐笑飞、秦雅楠、潘宁、靖芳旭、杜雪、李雨梦。在接受这一任务时，团队成员的心情是复杂的，既有荣誉感，又有很大的压力。大桥建设接近收官，又恰逢党的十九大，有必要借此书向党做一次真挚的汇报。如何总结党的基层组织在大桥建设中的作用，如何表现这些兢兢业业的一线党员干部，这些问题都需要创作组认真思考。

大桥建设颇为艰辛，我们的写作过程也不容易。时间紧，任务急。工地书记们工作繁忙，光约访就很费周章，采访方式除了面谈外，还使用了电话访谈的方式。有些支部书记因为工作太忙，压力大，无心接受采访。此处要特别感谢各标段的项目经理，他们鼎力支持我们的工作，有的还为我们做一些思想工作，使采访得以顺利进行。这些奋战在第一线的支部书记和党员干部们大多不愿意说自己的事，采访过程中他们滔滔不绝地倾吐的是工程项目，是队友们的事迹，是同事们的光彩。我们只能从其他文章里，从他们的同事们那里，听到支部书记们的点点滴滴，进而再从琐碎的资料中，梳理出支部书记们的日常工作，日渐描画出用耐心、坚韧、坚持为基点构建的工地书记们的身影。

对于《工地书记》一书，韦东庆书记给予了极大的支持，从一开始就和我们一起梳理写作思路，明确立意，确定框架。在写作期间，他多次召集写作小组开会，对每一个标段的书记及支部成员都予以详细剖析，不厌其烦地帮助我们寻找素材，挖掘深层次的内涵。最难能可贵的是，他还给大家讲了三次党课，从《静静的顿河》讲到十月革命，从古田会议讲到“支部建立在连队”，从延安窑洞讲到改革开放，以最大限度地激发写作团队的创作热情。无数个夜晚，他和我们一起苦熬，以他昂扬的斗志鼓动着我们让枯燥的笔耕工作富有深刻的意义。

采访和撰写工作是在炎热的夏日里进行的，这让我们对工地书记们的认知和理解益加深入，感动的情绪也逐渐在积累。我们常会为一些新的发现或一点领悟而激动，比如，这些工地书记带领下的党支部各有特色，有的是服务型，有的是技术支持型，有的是“暖男”型。他们在大桥建设过程中形成了独特的工作模式，这些独有风格的形成，一方面和标段拥有的基础条件相关，更多的是和工地书记们的性格、性情相关联，内在深处透示着情感和人性的光点。这些工地书记们和党员干部们多为双肩挑，大部分是专业和技术骨干，他们埋头苦干的身影常常定格在我们脑海中，与社会上那些拼了命想着赚钱、想着升官的人相比，这些工地书记长时间在一线用行动诠释着奉献，用行动诠释着付出。我们忽然感到，共和国之所以依然屹立，正是因为这些基层党员“傻傻地”“痴痴地”、默默地无私苦干，顽强地撑起了我们伟大共和国的脊梁。

此外，要特别感谢综合事务部的唐丽娟主管，在本书早期的策划过程中，她给予我们很多建设性的意见。工联会的刘少燕、赵墨妍同志积极支持和配合我们，做好了相应的后勤保障工作。

历时半年，这支以女将为主的“红色娘子军”终于完成了这本沉甸甸的纪实性报告文学。姑娘们晒黑的皮肤、因熬夜黝黑的眼圈，证明了她们的努力和付出。虽然因时间的关系以及写作水平的局限，本书未能呈现出她们最好的一面，但难能可贵的是，她们完成了一次经历、一次淬炼，为忠实记录超级工程的党群工作作出了一次有意义的尝试。

是为记！

《工地书记》写作组

2017 年 11 月 10 日

图书在版编目（CIP）数据

工地书记／港珠澳大桥建设工程工会联合会编著. —北京：中国工人出版社，2018.6
ISBN 978-7-5008-6914-6

Ⅰ.①工… Ⅱ.①港… Ⅲ.①传记文学—作品集—中国—当代 Ⅳ.①I25

中国版本图书馆CIP数据核字（2018）第136925号

工地书记

出 版 人	王娇萍
责任编辑	安　静
责任校对	赵贵芬
责任印制	栾征宇
出版发行	中国工人出版社
地　　址	北京市东城区鼓楼外大街45号　邮编：100120
网　　址	http://www.wp-china.com
电　　话	（010）62005043（总编室）　（010）62005039（出版物流部） （010）62382916（职工教育分社）
发行热线	（010）62005996　（010）62005042（传真）
经　　销	各地书店
印　　刷	北京美图印务有限公司
开　　本	710毫米×1000毫米　1/16
印　　张	12.5
字　　数	171千字
版　　次	2018年8月第1版　2020年7月第3次印刷
定　　价	49.00元